ईरूम.

माड़ का द्वंद और प्रेम

मेघ प्रकाश शेरपा

FanatiXx Publication

FanatiXx® Publication
AM/56, Basanti Colony, Rourkela 769012, Odisha
ISO 9001:2015 Certified

By: Megh Prakash Sherpa
ISBN: 978-93-5605-709-8
Book: Iroom - Maad ka Dwand aur Prem
Price: INR 199/-

Printing By: BooksClub.in

DISCLAIMER

समीक्षा -01

शैलेन्द्र ठाकुर

वरिष्ठ पत्रकार व व्यंग्य लेखक, दक्षिण बस्तर दंतेवाड़ा।

मेघ प्रकाश शेरपा जी के उपन्यास का कथानक माओवाद प्रभावित बस्तर में जारी अंतहीन संघर्ष की पीड़ा को काफी हद तक व्यक्त करने में सफल रहा है। जीवन संघर्ष से त्रस्त युवाओं के भीतर के असंतोष को हवा देने में अंदरवाले दादाओं की सहानुभूति और फिर बंदूक के जरिए क्रांति लाने की कोशिश का प्रबल होना, माओवादियों और सुरक्षा बलों के बीच संघर्ष में दोनों पक्ष के लोगों के घर परिवार उजड़ने की घटनाओं का प्रतिनिधित्व यह उपन्यास करता है। कई सुनी-अनसुनी प्रेमकथाओं

का दुःखद अंत इरुम-हिड़मा और मधु-माधव के मुकम्मल न हो सके प्रेम की तरह ही होता आया है। बस्तर की शांत वादियों में गूंजते धमाके और यहां की शुद्ध हवा में घुलती बारुदी गंध के साइड इफ़ेक्ट भी आप इस कथानक में महसूस कर सकते हैं और सुरक्षा बलों व अन्दरवाले दादाओं के दो पाट के बीच फंसकर जी रहे ग्रामीणों का अंतर्द्वंद्व भी। कुल मिलाकर अपने पहले ही प्रयास में उपन्यासकार मेघ प्रकाश शेरपा जी काल्पनिक जगह व पात्रों के जरिए यथार्थ का मुकम्मल शब्द चित्र खींचने में सफल रहे हैं। इस लिहाज से यह उपन्यास पठनीय बन पड़ा है।

समीक्षा- 02

दीप्ति ओग्रे

रंगकर्मी और शोधार्थी इंदिरा कला संगीत विश्व विद्यालय खैरागढ़

ईरुम एक ऐसा उपन्यास है जो एक ओर बस्तर के आदिवासी जीवन की जड़ों से जुड़ा है, वहीं दूसरी ओर समकालीन सामाजिक, राजनीतिक और आर्थिक संकटों से टकराता है। यह उपन्यास केवल एक प्रेमकथा नहीं है बल्कि यह जल, जंगल ज़मीन की लड़ाई, प्रशासनिक उपेक्षा और एक आम जन की अस्मिता की खोज की गाथा भी है।

कहानी की नायिका और उसके माध्यम से लेखक ने एक आदिवासी युवती की सहजता, सरलता प्रेम और प्रतिरोध को गहराई से उकेरा है।

लेखिका ने उपन्यास की संरचना में पत्रकारिता, प्रशासन आंदोलन प्रेम और स्थानीय संस्कृति के अंगों को बहुत प्रभावशाली ढंग से पिरोया है। कहीं अखबारी रिपोर्ट की तरह भाषा चलती है तो कहीं लोकगाथा की लय में बहती है। उपन्यास के संवाद विशेष रूप से जल.जंगल.जमीन से जुड़े अंश झकझोरने वाले हैं। यह केवल एक कहानी नहीं बल्कि एक दस्तावेज़ है, संवेदनाए संघर्ष और सौंदर्य से भरपूर। यह न केवल साहित्य प्रेमियों के लिए बल्कि शोधार्थियों रंगकर्मियों और सामाजिक कार्यकर्ताओं के लिए भी पठनीय और संग्रहणीय कृति है।

समीक्षा-03

सनत कुमार जैन,

वरिष्ठ साहित्यकार ,
सोनी गली, दुर्गा चौक, जगदलपुर

प्रिय मेघ प्रकाश जी, सबसे पहले तो बधाई स्वीकार करें। आपने अपनी कलम के लिये एक ऐसा विषय चुना है जिस पर कलम चल ही नहीं पाती है सहम जाती है। एक समय था जब बस्तर और नक्सल समस्या

एक दूसरे के पर्याय की तरह माने जाने लगे थे। यहां की भौगोलिक स्थिति, यहां का अबोधपन और इस धरती की सम्पदाए ये तीन कारण नक्सलियों के लिये अमृततुल्य अनुकूलता थी। जिसका उन्होंने जमकर लाभ भी उठाया। अत्यधिक लूटा, जी भर कर लूटा । कुछ भी न छोड़ा, वन, धन और तन भी न छोड़ा।

खैर! आपने अपनी कलम से जिस कहानी का ताना बाना बुना है वो संकेतों में सबकुछ बताती चलती है। स्वार्थी लोगों ने यहां के अबोधपन को लूट का अंश बनाया ही और उनकी भावनाओं से खिलवाड़ करके उनको एक अंतहीन अंधेरी सुरंग में रहने को धकेल दिया।

ईरुम ने अपने अपमान का बदला लेने के लिये उनके कंधे पर हाथ क्या रखा वह वहीं की होकर रह गयी। उसका प्रेम लुट गया, सुख चैन सारा संसार ही लुट गया।

हिड़मा बेचारे का बिना किसी दोष के ही सबकुछ स्वाहा हो गया। इस एक बला ने पूरे नक्सलक्षेत्र का सत्यानाश करने में कसर न रखी।

ईरुम और हिड़मा की प्रेमकथा के माध्यम से बस्तर क्षेत्र का खुलापन और अबोधपन खूब चित्रित किया है। वास्तव में यहां के रहवासी आज भी अबोध हैं। विकास के विरोध में भी वे बेचारे सम्मिलित हो जाते हैं।

इन सबके दूसरी ओर डॉक्टर प्रदीप का जीवन भी एक अलग ही कहानी बताते चलता है। इतनी महंगी और पुरुषार्थ की शिक्षा पाने के बाद भी यूं जंगलों में भटकना और अपनी जान संकट में डालना, वास्तव में एक सरकारी डॉक्टर का जीवन अत्यधिक उलझनों भरा होता है।

कहानी में एक मोड़ और भी है, माधव और मधु का! मधु माधव की मंगेतर हैं अभी विवाह कुछ समय है। माधव सुरक्षा बल कैम्प में तैनात

संतरी है। उसकी ड्यूटी नक्सल क्षेत्र में लगी है जहां मोबाइल नेटवर्क भी न के बराबर है। वे आपस में बात भी नहीं कर सकते हैं मिलना तो बहुत दूर की बात है। माधव पग-पग में विराजमान संकटों से जूझता हुआ अपने कर्तव्यपथ पर चल रहा है। और इस कर्तव्यपथ पर स्वाहा हो जाता है।

उधर ईरुम और हिड़मा का मिलन नहीं होता है और इधर मधु और माधव का । और हां, इसका कारण है नक्सलवाद की लड़ाई । इस लड़ाई में लोग भयंकर ढंग से पिस रहे हैं। किसी का प्रेम लुट जाने बड़ी विभीषिका क्या होगी।

इस बड़े विषय को समझाने के लिये पात्र चयन प्रभावशाली है । प्रेम कहानियों के चलते इस बड़ी कहानी में कहीं भी उत्सुकता का जागना कम नहीं होता है। अंत जान कर ही व्यक्ति दम लेता है। यही इस पुस्तक की सार्थकता है।

जबरन थोपी गयी जटीलताओं से दूर ये लघु उपन्यास वास्तव में एक सत्य कथा ही है। इस क्षेत्र की विडम्बना है, सबकुछ होते हुए भी उपेक्षित जीवन जीने को लाचार! यहां की मिट्टी का सीधापन ही इनके लिये एक हानिप्रद कारण बन गया है।

मेघ प्रकाश जी आपने अपनी कलम से एक बड़ा काम किया है। पढ़ने वालों तक बात पहुंचेगी, सच्चाई के आमने-सामने होंगे लोग । आपका पुरुषार्थ अपने उद्देश्य तक अवश्य पहुंचेगा।

लेखक परिचय

मेघ प्रकाश शेरपा

नाम- श्री मेघ प्रकाश शेरपा

पिता का नाम-श्री सेवक राम सेरपा

माता का नाम-श्रीमती शैलेंद्री सेरपा

जन्म तिथि- 26,08,1987

उम्र-38 वर्ष

मेघ प्रकाश शेरपा

कार्य-स्वास्थ्य क्षेत्र में कार्यरत; क्षय उन्मुलन कार्यक्रम दंतेवाड़ा

वर्तमान पता- जी.ए.डी. कालोनी दंतेवाड़ा ,जिला -दक्षिण बस्तर दंतेवाड़ा छत्तीसगढ़

ई मेल . mmegh007@gmail.com

शैक्षणिक योग्यता. 1.बी.सी.ए. 2.एम.एस.डब्ल्यू. 3.एम.ए.अंग्रेजी 4.पी.जी.डीप्लोमा इन एच.आर. 5.पी.जी.डी.सी.ए. साहित्य सेवा

साहित्य सेवा – 1.मासिक पत्रिका " आदी ज्ञान " मुंबई .से प्रकाशित में जनजातीय देव पूजन एवं सांस्कृतिक कार्यक्रम के संबंध में शीर्षक " घोटपाल करसाड़ -लौकिक और परालौकिक शक्तियों का अनुठाा संगम "आलेख प्रकाशन

2.कोरोना की विभिषिका " रचना संग्रह में कारोना काल के विषय शीर्षक "इस कोरोना काल में" में कविता प्रकाशन।
3.हल्की बारिश मे तुम, रचना संग्रह में प्रेम रस पर रचना प्रकाशन।
4.फेसबुक एवं अन्य सोशल मिडिया प्लेटफार्म में डायरी, रीपोर्ट, जनजातीय सांस्कृतिक आलेख, डाक्यूमेंट्री, विडियोज, शायरी, कविता ख्याल इत्यादी को पोस्ट करना।
कवर पेज रचनाकार- सुश्री दीप्ती आग्रे बिलासपुर छ.ग.रंगकर्मी और शोधार्थी इंदिरा कला संगीत विश्व विद्यालय खैरागढ़।

ईरुम.-माड़ का द्वंद और प्रेम

अपनी बात

सम्मानीय पाठकों सादर नमस्कार ! यह लघु उपन्यास पूर्णतः काल्पनिक है परन्तु पृष्ठ भूमि माड़ की है एवं पुर्णतः काल्पनिक कहानी है। वास्तविक घटनाओं ,पात्र ,स्थान, नाम, समाचार, आलेख एवं उपन्यास से संबंधित किसी भी प्रकार के विषयवस्तु या भाग से अगर कोई मेल होता है ,तो इसे मात्र एक संयोग माना जावे। इस रचना के माध्यम से किसी भी धर्म, जाति, समाज,व्यक्ति ,नाम ,पात्र ,सरकार ,क्षेत्र, स्थान, संस्कृति, बोली, भाषा , प्रशासन, माओवाद ,और देशकाल, से संबंधित मिलते-जुलते किसी भी विषय का उल्लेख किया गया है तो मात्र कहानी की मांग अनुसार प्रयोग किया गया है, यह कहानी किसी भी प्रकार से हिंसा , अनैतिक कृत्य व्यक्ति,समुह, संगठन या विचारधारा का समर्थन नही करती। मेरा उद्देश्य मात्र कहानी की परिपक्व पूर्णता ही है आशा है वो आप तक पहुंचेगी। आप सभी से करबद्ध निवेदन है कि इस लघु उपन्यास को काल्पनिक चलचित्र की अभिव्यक्ति के रूप में ही ग्रहण करें।

माड़ सदियों से अपने आदिम जीवन शैली एवं इतिहास को लेकर प्रासंगिक रहा है। यहां के घने वनाच्छादित वृहद क्षेत्र को ही माड़ कहा जाता है।

मेघ प्रकाश शेरपा

इतिहास में जल -जंगल, जमीन को लेकर अंग्रेजो के पहले और बाद में कई विद्रोह हुए , कई संघर्ष हुए जिसका स्वरूप हर सदी में बदलता रहा । वह संघर्ष आज भी माड़ के जंगलों में जारी है, बस उसका स्वरूप बदल गया है।

उपन्यास में इन संघर्षों से प्रेरित एक कहानी मेरे हृदय पटल पर उभर कर आई। जिसे मैं आपके समक्ष प्रस्तुत कर रहा हूँ। इस कहानी में एक द्वंद पल रहा है विचारों का, सामाजिक , सांस्कृतिक आत्म स्वाभिमान का हक और अधिकार का।

इरूम की कहानी भी इन्हीं के इर्द-गिर्द द्वंद में पलते हुए दो अलग-अलग लोगों की प्रेम कथा के साथ आगे बढ़ रही है। जिसका अंत ही अनंत है जिसमें अनगिनत अनसुलझे सवाल है। साथ ही कुछ समसामायिक माड़ की काल्पनिक गतिविधियाॅ समानांतर चलती है। अपने साथ अनेक प्रसंग लिए और माड़ की सूक्ष्मतम गूढ़ जीवन शैली आपको माड़ की अंतहीन यात्रा की ओर ले चलेगी।

आभार

" जय मां दंतेश्वरी ,सदा सहाय "

सम्मानीय पाठकों , इस लघु उपन्यास को को पूर्ण करने में मुझे दो तीन साल लग गए। अपने निजी कार्यों और जीविकोपार्जन के व्यस्त दिनचर्या से कुछ समय बचा-बचा कर इसे अंततः पूर्ण कर आप सभी के समक्ष प्रस्तुत कर रहा हूँ । पूजनीय माँ एवं पिता जी का आशीष प्रेम इस कार्य को सफल बनाने में सदा साथ रहा।

इस कार्य को सफल बनाने में साहित्य , पत्रकारिता ,कला , पर्यटन , सामाजिक और मेरे कार्य क्षेत्र से जुड़े वरिष्ठ एवं कनिष्ठ सम्मानीय साथियों का अमुल्य योगदान रहा। और इन सभी के उत्साह वर्धन और सहयोग से यह संभव हो सका । मै आप सभी साथियो का हृदय से आभार व्यक्त करता हूँ। उपन्यास के संदर्भ में सार्थक एवं बेबाक समीक्षा प्रदाय करने के लिए आप सभी समीक्षकों को हृदय से आभार व्यक्त करता हूँ ।

यह प्रथम कृति , मैं अपने गुरु, एवं जीवन में पल-पल मार्गदर्शकि के रूप में रहे स्वर्गीय देवदास सर को समर्पित करता हूँ । जिन्होने मुझे लेखन कार्य के लिए प्रेरित किया । उनके आशीष से आज 15 वर्षों के उपरांत लेखन के प्रथम अध्याय को पार करते हुए यह रचना पूर्ण कर पाठकों के समक्ष प्रस्तुत करने में सफल रहा। साथ ही मेरे सभी शिक्षकों , मित्रों और मेरे कुटंब परिजनों को प्रणाम करता हूँ और आशा करता हूँ

मेघ प्रकाश शेरपा

कि आप सभी के आशीष से यह परिश्रम सफलता को प्राप्त करें और पाठको का स्नेह मिले।

अनुक्रमणिका

पृष्ठभुमि - माड़ 1. जिला - मावलीगुड़ा , तहसील- चितुलनार

गॉव - बोरनार

2. जिला - मावलीगुड़ा , तहसील- मावलीगुड़ा, नंदराज पर्वत की तलहटी में बसा एक गाँव "मेलारास"

आमा पंडुम

दूर कहीं नंदराज पर्वत की तराई में अलसुबह........एक गाँव मेलारास डोगरीपारा।

01 अप्रेल 2008 का महीना था। मौसम ने थोड़ा करवट लिया था । रात में अचानक बारिश हो गई। अलसुबह हल्की ठंड महसूस हो रही थी।

.उसके साथ लगे नंदराज की उंची चोटियां धुंध में डुबी हुई थी वहां से आती ठंडी हवाएं मन को छू रही थी।

आम की फसल इस बार अच्छी लग रही थी। पेड़ो पर फल खूब लदे हुए थे। चारो ओर आम की सोंधी-सोंधी खुशबू आ रही थी। कोयल भी बड़ी जोर से कूक रही थी। वातावरण में मादकता सी छा गयी थी।

आम के अंदर गुठली बनकर तैयार हो गई थी।

अब माड़ में आमा पंडुम की तैयारी होने लगी।

गॉव के सियान पहाड़ के नीचे देव गुड़ी के पास इकठ्ठा हो रहे थे। हाथों में हूम, धूप, आग, आम के फल, बलि देने के लिए मुर्गा ,बोतल में महुआ मंद और कसेला में पानी लेकर जा रहे थे।

दूर कही कुछ आदिवासी महिलाएं पंडुम की तैयारी में गीत गा रही थी।

साथ में कुछ आदमी मांदर बाजा बजा रहे थे।

रे रेला यो रे रेला

मेघ प्रकाश शेरपा

रे रेला यो रे रेला............

रेला यो रेला संगी

रेला यो रेला ....

रेला पाटा की आवाज , महुए की गमक की तरह , पूरे जंगल को मादकता के रंग में डुबो रही थी ।

जैसे जैसे बस्ती से देव-गुड़ी की ओर कदम बढ़ रहे थे उन लोक गीतों की तेज आवाज कानो में शहद की तरह घुलने लगी।

हल्के पतझड़ की आहट सागौन के सूखे पत्तो ने दे दी थी। जंगल में पैरों तले दबने वाले सूखे पत्तो की चरचराहट जंगल की खामोशी तोड़ रही थी।

आज आमा पंडुम है । माड़ में प्रत्येक नई फसल और फल की बुआई से लेकर उनके पकने तक कई नियम,पंडुम , नेंग,परम्पराएं हैं। जिनका समय समय पर यहां के लोग इसका निर्वहन करते हैं।

आज आमा पंडुम मनाने गाँव के सारे लोग इकट्ठा हुए हैं। देव-गुड़ी के पास एक आम का पेड़ है जिसके फल अब खाने लायक हो गए हैं। उसी पेड़ के नीचे आज पंडुम की शुरुआत हो रही है। लोग लांदा और महुआ मंद लेकर आये है। देव को तरप के इसको सब में बाटेंगे।

जंगल के अंदर से भी कुछ लोग गाँव तक आए हैं।

उनका हाव भाव कुछ अलग से दिखाई दे रहा है मानो पंडुम न आकर दूसरे काम से आए हों।

थोड़ी देर बाद गाँव के पेरमा भीमा देव गुड़ी के पास पहुंचे,

,सब के सब पेरमा के आने का इंतजार कर रहे थे ।

पेरमा ने कहा - "कैसे तुम लोगों को,

कुछ समाचार मिला है तुम लोगों को कुछ पता भी है क्या ?

सब लोग आश्चर्य से पेरमा की ओर देखने लगे ,और आपस में खुसुर-फुसुर करने लगे।

तभी सरजू मांझी ने लपक कर कहा - अरे ये सब अभी जाने दो ,पंडुम को मना लेते हैं। बहुत देर हो गई है।

(सरजू ने विषय की गंभीरता को भाँप कर , बात को घुमा दिया)

पेरमा भीमा ने भी बात को टालते हुए कहा -

अरे कुकड़ा ,मंद ,कसेला भर पानी और आगी लेकर आओ ।

पेरमा ने देव गुड़ी में ग्राम देवी देवता का आह्वान पूजन प्रारंभ करने से पहले पास के आम बगीचे से गुठली वाले आम मंगवाए।

सुबह के 09 बज रहे थे।

पेरमा भीमा ने आगी में साल धूप डालते हुए ग्राम देवी देवताओं से

अरजी बीनती करने लगे-

" एबे दख आज गाँव चो देवी देवता .....

"गाँव चो जमाय माई पिला सियान के कई बल दुखा पाखा नई हो..........."गाँव चो खेत बाड़ी, लाड़ी , फल ,फूल जमाय बराबर रौ.......

"गाँव में कोनी बल देवता चो प्रकोप नई हो ....

"आज एई जमाए गोठ कज गाँव चो जमाय माई पिला सियान मन तुके एता बसुन बाती आज आम पाक, कुकड़ा ,मंद तुके देसोत....

"ऐके तुई धर ,तुई खा ....

जमाए के अच्छा रख ....

पेरमा भीमा ने पूजन पूरा करते हुए ,सरजू मांझी को

कहा- ए सरजू देवता थन गांटुक नारियल फोड़ुन बती, जमाय के बाटून देस। बली पूज थन बली दिया ।

पेरमा के पूजा पाठ करने के बाद बली दिए गए मुर्गे को बनाने के लिए सरजू को तैयारी करने कहा। महुआ मंद और लांदा को तरपने के बाद सब महुआ पत्ता का चिपड़ी बनाकर पीने लगे ।

धीरे-धीरे मंद और लांदा के नशे में सब गीत गाने लगे और नाचने लगे।

ढोल की थाप बजने लगी........

ढमर ढमर ढमर.........

ढमर .ढमर ढमर................

सब गीत गाने लगे, हाथों में हाथ बांधकर ,कलाई थामे नाचने लगे।

दोपहर बाद शाम होने लगी।

सब गाँव वाले घर की ओर लौटने लगे।

पेरमा भीमा और मांझी सरजू आपस में बात करते हुए अपने घर डोंगरी पारा पहुंचने वाले थे तभी अचानक सरजू को वो बात याद आ गई

सरजू ने पेरमा को तालाब के पास रोक कर गीला मंजन मांगा।

पेरमा का घर तालाब के पास ही था।

पेरमा ने घर से अवाज देकर गीला मंजन मंगवा लिया।

सरजू ने पेरमा से पूछा आज पंडूम में देर से कैसे आए ?

पेरमा ने थोड़ी लम्बी सांसें ली और कुछ देर आसमान की ओर देखने लगा।

फिर कहा- सरजू पता नही हमारे गाँव ,घर खेत खलिहानो और बच्चो को किसी की नज़र लग गई है।

कुछ ठीक नही लग रहा ।

चितूलनार थाने से कुछ पुलिस वाले आये थे । गाँव की एक लड़की के बारे में पतासाजी कर रहे थे।

इस वजह से देर हो गई।

तभी सरजू को कुछ याद आया ,

उसने लपक कर कहा- अरे आज तो कुछ दादा लोग भी आए थे।

पेरमा ने सरजू की ओर विस्मय भरी नज़रो से देखा। पेरमा सरजू से यह

बात छुपाना चाहता था ,क्योकि वह नही चाहता था इस बात को लेकर गांव में अफवाह उड़े ।

फिर पंडुम खतम होने के पहले ही चले गए ।

उन्हें पुलिस वालों की खबर लगी होगी , इस लिए वो भी गांव की टोह लेकर चले गए।

पेरमा ने बताया दादा लोग उससे मिले थे।

वो गांव की किसी लडकी के बारे में पूछ रहे थे। उसका नाम सविता बता रहे थे।

पर इस नाम की कोइ भी लड़की गांव में नही है।

उन लोगों में से एक ने दूसरे के कान में फुसफुसाते हुए कहा.............. अरे इन्हे इरुम के बारे में पूछो !

भीमा क्या तुम किसी इरुम नाम की लड़की को जानते हो ?

भीमा कुछ देर सोचने लगा , फिर बोला ,

नही दादा ,ऐसे नाम की किसी लड़की को नहीं जानते और नाही वो यहाँ रहती है। ये दोनों लड़कियां हमारे गांव की नहीं है।

"ठीक है इस नाम से कोई गांव में आए तो तुरंत सूचना देना"

ऐसा कहकर अंदर वाले चले गए।............

मैं बहुत देर तक उनकी बातों को सोचता रहा।

फिर पंडुम की ओर चला आया ।

आज की हेड लाइन

---

20 मई 2001 ,समय सुबह 06:30

रोज की सुबह ,गेट पर अखबार वाले की आवाज आई।

प्रदीप सुबह का अखबार लेने गेट पर गया , उसने अखबार उठाया और हेड लाइन पढने लगा ,

हेड लाइन देख वो घर में तेजी से घुसा और टीवी ऑन कर न्यूज चैनल देख कर सहम सा गया।

" टी.वी. में दूरदर्शन पर लाइव समाचार "

आज के ताजा समाचार इस प्रकार हैं:-

" अभी-अभी ,खबर आ रही है कि कल दोपहर मावलीगुड़ा जिले के अंदरूनी क्षेत्र गोलारास में अंदर वालों ने पुलिस और सी.आर.पी.एफ. की संयुक्त टुकड़ी पर हमला कर दिया।

हमले में दो पुलिस कर्मी एक वाहन चालक की मौत हो गई है।

दो घण्टे तक चली इस मुठभेड़ में कई जवान घायल हुए साथ ही कई दादा लोगों के घायल होने की आशांका जताई जा रही है।

बताया जा रहा है गोलारास में नई सड़क का शुभारंभ होने जा रहा था।

उस सड़क का मुआयना करने के लिए पुलिस की संयुक्त टीम के साथ कुछ पत्रकारों की टीम भी साथ में गई थी।

मुठभेड़ में जवानों ने मोर्चा संभालते हुए उनको को मुहतोड़ जवाब दिया। पर नियति को कुछ और ही मंजूर था, एक पत्रकार नें अपनी जान बचाकर सड़क किनारे गड्डे में जाकर अपनी जान बचाने की कोशिश की पर क्रास फायरिंग में सर पर गोली लगने से उनकी मौत हो गई।

इस घटना में एक ए.एस.आई. विमल कुमार और एक हेड कॉस्टेबल चरण सिंग ,वाहन चालक दया लाल शहीद हो गए।

" शहीदों के परिवारजनो का रो रो कर बुरा हाल है"

शहीदों के शव, देर शाम जिला अस्पताल पहुंचाए गए ।

सुबह पोस्टमार्टम के उपरांत शहीदों के शवो को पुलिस मुख्यालय में सलामी उपरांत उनके गृह ग्राम तक भेजा जाएगा।

"मूख्यमंत्री और अन्य मंत्रियों ने गहरी संवेदना व्यक्त करते हुए कहा कि इसका बदला जरूर लिया जाएगा"

" माड़ संभाग के आइ. जी अमीत कुमार ने कहा कि अंदर वाले ,बल कैंप और नई सड़क के खुलने से बौखलाए हुए है वो बौखलाहट में हमारे जवानो पर हमला कर रहे हैं। " हम इसका मुह तोड़ जवाब देंगे ।

"भारत के प्रधान मंत्री और गृह मंत्री ने गहरी संवेदना व्यक्त करते हुए कहा है कि यह माओवादियों की कायराना हरकत है , उनका आतंक क्षेत्र अब सिमटता जा रहा है। जल्द ही उनका खात्मा हो जाएगा माड़ से यह तय है"

आगे के समाचार के लिए बने रहे हमारे न्यूज चैनल पर मिलते है ब्रेक के बाद.................................

...

प्रदीप मन ही मन यही सोच रहा था कि आखिर कब तक यूँ ही खूनखराबा चलता रहेगा।

मरते दोनो तरफ के लोग है।

बंदुक की नोक के दोनो तरफ इसी देश के लोग है, कोई बाहर देश का नही है।

सब लड़ रहे है पर कौन किसके लिए लड़ रहा है...?

सब के सब माड़ के लिए !

पुलिस.......

सी.पी.एफ.................

नेता..............

दादा लोग...........................

प्रशासन..

प्रदीप समाचार देख रहा था तभी मोबाइल की घण्टी बजती है......

...टर्रर्र टर्रर्र टर्र टर्र...............

सिविल सर्जन श्री राम बाबू -

मेघ प्रकाश शेरपा

हेलो डॉक्टर प्रदीप !

आपने समाचार नहीं सुना क्या ?

आप जल्दी जिला अस्पताल मावलीगुड़ा आ जाओ 08 बजे तक। सभी शवों का पोस्टमार्टम करना है।

बाकी डॉक्टर छुट्टी मे है आपको ही करना पड़ेगा जल्दी आइए।

प्रदीप - हां सर समाचार सुना, सो सैड!

मैं आ रहा हूं सर।

बस निकल ही रहा हूं ।

आधे घण्टे में प्रदीप मरचुरी पहुँच जाता है।

मरचुरी के बाहर पड़े स्ट्रेचर पर प्रदीप की नजर पड़ती है, वो खून से सने स्ट्रेचर को देख कर रुक जाता है।

हालॉकि इससे पहले कई बार प्रदीप पोस्टमार्टम कर चुका था , पर इस बार वो ठीठक सा गया।

पहली बार शहीद जवानों का पोस्टमार्टम करने जा रहा था।

बाहर मीडिया कर्मियों और लोगों का हुजूम लगा हुआ था।

जन प्रतिनिधियों का लगातार आना जाना चल रहा था।

मीडिया कर्मी इस हमले की प्रतिक्रिया सभी जन प्रतिनिधियों से ले रहे थे।

चारो ओर विभिन्न कंपनियों के जवान थे जो जवानों के अंतिम यात्रा की आवश्यक कार्यवाही के लिए तैनात थे।

पूरे शहर में बंद जैसे हालात थे।

चारो तरफ यही चर्चा चल रही थी कि ये घटना आखिर हुई कैसे !

समय सुबह 09:20

प्रदीप मरचुरी के अंदर गया तो देखा,

शवों कि स्थिति बहुत खराब थी, कई गोलियाँ शरीर को चीरते हुए आर पार हो गई थी।

पोस्टमार्टम खत्म होने बाद प्रदीप डाक्टर रुम में बैठा रहा।

उन्होंने जमादार से बॉडी को कवर कर जवानों को सौपने कहा।

कुछ देर बाद एक पुलिस अधिकारी आया जिसने शवों की पूरी कागजी कार्यवाही करते हुए प्रदीप को "सैल्यूट करते हुए -जय हिंद बोलकर चला गया।

कुछ देर बाद सभी जवानो के द्वारा शवो को ताबूत में रखकर सलामी के लिए पुलिस लाईन मावलीगुड़ा लाया गया।

पुलिस ग्राउंड मे सलामी के लिए जवानों के पार्थिव शरीर को क्रमशः रखा गया। अक्टूबर का महीना था ग्राउंड में कभी धूप कभी छाँव जैसा कुछ माहौल था। हल्की ठंड ने दस्तक दे थी।

आस-पास लोगों के चेहरे में बड़ी मायूसी थी। मीडिया के लोग शांति से वीडियो, फोटो कवर कर रहे थे।

जिला कलेक्टर, पुलिस कप्तान और स्थानीय सभी जनप्रतिनिधियों के साथ आम जनता भी मौजूद थी।

कदमताल करते हुए जवानों ने पुष्प चक्र अर्पित किया और वहां मौजूद सभी लोगों ने पुष्प अर्पित किया।

उसके बाद जवानों के पार्थिव शरीर को उनके निवास ग्राम तक पहुंचा दिया गया।

पोस्टमार्टम के बाद प्रदीप शाम लगभग 04 बजे बोरनार प्राथमिक स्वास्थ्य केंद्र आ जाता है। इसी परिसर में प्रदीप का चिक्त्सिक निवास है।

घर के पहले कमरे में छोटा सा बैठक है। जहाँ वो थक कर सोफे पर बैठ जाता है।

अक्टूबर का महीना था, हल्की ठंड शुरु हो गई थी, मौसम में हल्की नमी थी। घर की खिड़कियों से खेतों की ठंडी हवा अंदर आ रही थी।

टेप रिकार्ड प्लेयर पर प्रदीप किशोर दा के गाने लगाकर छोड़ देता है।

'''रिम झिम गिरे सावन,

सुलग-सुलग जाए मन.......................................ल ल ल ल ल ललललललल

प्रदीप अपने बिस्तर में जाकर लेट गए।

कुछ देर वो एक टक घर की छानी, खपरैल ,कांडा और मेयार की ओर देखते रहे।

उनके जेहन में बार बार वही ख्याल आने लगे,,,,,,

थोड़ी देर बाद उठकर वो किचन की ओर गए और ,

फ्रीज से अंग्रेजी शराब रम की बोतल, ग्लास और पानी निकाल कर बैठ गए और कुछ घूँट लगाने के बाद अपने पुराने खयालों में खो गए.. फिर

उनकी आँख लग गई।

उसी दिन शाम 06 बजे दो घंटे बाद प्रदीप के लैंड लाइन की घण्टी बजती है।

टर्र टर्र..................टर्र टर्र..........................

...

हेलो कौन ?

अरे डाक्टर साहब हम बोल रहे है संजय (प्रदीप के क्लासमेट भी हैं जिला अस्पताल मावलीगुडा मे चिकित्सा अधिकारी हैं ।)

ओहो संजय जी !

बड़े दिनो बाद याद किया और क्या चल रहा है कैसे हैं ....?

हम तो ठीक है तुम बताओ प्रदीप और बोरनार प्राथमिक स्वास्थ्य केंद में पोस्टिंग के बाद दोबारा बैठक ही नही हुई, कोई अता पता नहीं रहता था तुम्हारा ।

प्रदीप- अब क्या बताएं बस्तर है ही ऐसी जगह ,जंहा आदमी जाकर बस ही जाता है।

और अपनी धुन में खो जाता है।

बस थोड़ा दिमाग अपसेट है।

संजय-हाँ आज मैने देखा पी.एम. के बाद तुम जल्दी निकल गए।

प्रदीप - हाँ सर !

सोच रहा हूँ यहाँ से ट्रांसफर ले लूं , वैसे भी 18 साल हो गए ।

घर की ओर निकलता हूँ , घर में बुजूर्ग माँ-बाप हैं , अकेले रहते हैं । माड़ में जितने दिन का दाना-पानी लिखा था वो अब पूरा हो गया ऐसा लग रहा है।

संजय ने लपक कर कहा - यार ! तुम ये सब ट्रांसफर-वांसफर की बात छोड़ो , सीधे यहाँ आ जाओ मावलीगुड़ा, तुम्हारा मूड अभी ठीक कर देते हैं ,थोड़ी एल्कोहल रूपी दवा का सेवन करने से सब ठीक हो जाएगा।

प्रदीप ने कहा आप ही आ जाइए सर !

बोरनार ,आज बुधरू को बोलकर देशी मुर्गा बनवा देता हूँ।

अब जल्दी से आ जाइये एक घण्टे के भीतर ।

35 किलोमीटर ही है अपनी खटारा स्कूटर से मत आना मारुति से आना।

ठंड का समय है रात में कीड़े टिड्डे परेशान करते हैं ।

मैं सब व्यवस्था करता हूँ , फिर बाकी बातें रात भर करेंगे।

पास की दुकान से प्रदीप ने कांच की बोतल वाली सोडा मंगवा ली बुधरू से।

प्रदीप ने कहा- बुधरू !

एक बार और जा दुकान से पनामा या ब्रिस्टल का पैकेट ले आना। साथ में संजय के लिए तम्बाखू की पुड़िया और चूना भी ले आना।

शाम का समय है बिजली का भरोसा नहीं ,एक मोमबत्ती का पैकेट और माचिस भी ले आना।

थोड़ी देर में संजय बोरनार प्रदीप के घर पहुँच गए।

अरे! क्या बात है प्रदीप तुमने तो सारी व्यवस्था कर ली और ये क्या शुरू भी कर दिया !

ठहाके लगाते हुए प्रदीप ने कहा - आओ आओ संजय सर बैठो ,

बस आपके इंतजार में शुरू हो गए ।

लो एक लार्ज बनाया है ।

डाक्टर संजय ने एक घूंट लेते ही कहा- आहहहहहहहह मज़ा आ गया।

अब बताओ हुआ क्या ?

चांदनी रात में घर कें आंगन में बैठे हुए सिगरेट की लम्बी कश लेते हुए, प्रदीप ने धुआं छोड़ते हुए कहा ,

संजय तुम्हे याद है आज से ठीक 02 साल पहले 1999 में जब हमने डॉक्टरी की पढ़ाई पूरी की थी मार्च में हमारा दीक्षांत समारोह था।

संजय ने कहा, हाँ याद है पर उस दिन हुआ क्या था।

प्रदीप ने कहा कहने को तो हुआ कुछ नहीं ,पर बहुत कुछ हो गया।

संजय इस बार मुंह बनाते हुए पूछता है: यार ! तु जलेबी की तरह गोल गोल बाते न बना मुद्दे पर आ !

संजय तुम्हे डर था कि एम.बी.बी.एस पूरी करने के बाद कंहीं जंगल झाड़ी अंदरूनी क्षेत्र में पोस्टिंग न मिले और मुझे तो जैसे परवाह ही नहीं थी , मै तो माड़ में सेवा देना चाहता था ।

और वही हुआ भी।

उस शाम दोनों उन दिनों की यादों में खो जाते हैं ,प्रदीप सारी कहानी संजय को बताते हैं।

और अपने दीक्षांत समारोह के स्मृति में खो जाते हैं।

दीक्षांत समारोह

जुलाई 1999 स्थान. भोपाल मेडिकल कॉलेज (अविभाजित मध्यप्रदेश)

समय: शाम 7 बजे

संजय हॉस्टल रुम के बाहर- अरे जल्दी करो प्रदीप !

नाम के आगे डॉक्टर सुनने का और लिखने का सौभाग्य आज से प्राप्त हो जाएगा भाई !

जल्दी निकलो

आया संजय भाई !

प्रदीप के कमरे से जोर की आवाज आई......

अरे 5 साल लगे है,

डॉक्टरी की पढ़ाई करने के बाद ये दिन आया है, थोड़ा सज-धज लूं ।

दीक्षांत समारोह का गाउन तो पहनने दो ।

प्रदीप ने कहा शक्ल से ज्यादा, जूते बड़े चमक रहे हैं तुम्हारे !

राकेश ने कहा ठीक है सज-धज लो आज ही मौका है। इसके बाद फिर तीन साल के लिए गाँव जंगल की ही खाक छाननी है।

मेघ प्रकाश शेरपा

मैं तो ये सोच रहा हूँ कहीं इंटर्नशिप के लिए दूर-दराज गाँव न मिले।

कुलपति महोदय के द्वारा उद्बोधन दिया जाता है। तदुपरांत प्रत्येक का नाम पुकारा जाता है।

क्रमशः संजय और प्रदीप के नाम भी पुकारे जाते है और मंच पर उनकी उपस्थिति हो जाती है।

जैसे-तैसे उनका दीक्षांत समारोह पूरा हुआ।

और लड़कों के हॉस्टल में उस दिन शाम देर रात पार्टी चलती रही

एम.बी.बी.एस. पूर्ण होने के उपरांत प्रदीप और राकेश कुछ दिनों बाद घर चले गए।

उसी साल प्रदीप ने ग्रामीण सेवा के लिए सरकार को आवेदन दिया। और चयन उपरांत अगस्त में नियुक्ति पत्र प्राप्त हुआ। प्रदीप की पदस्थापना मावलीगुड़ा जिले के चितुलनार ब्लाक में बोरनार प्राथमिक स्वास्थ्य केंद्र दी गई।

एक सुबह अगस्त 2001 में प्रदीप को ग्रामीण सेवा मे दक्षिण माड़ के इंद्रावती नदी के उस पार बसे एक सामुदायिक स्वास्थ्य केंद्र में सेवा दिए जाने का आदेश पत्र प्राप्त हुआ।

यह माड़ का संवेदनशील हिंसाग्रस्त क्षेत्र था।

यह गांव बोरनार, चितूलनार ब्लॉक के जिला मावलीगुड़ा के अंतिम छोर मे बसा था।

मन ही मन प्रदीप सोचने लगा ,माड़ को लेकर जो उनकी धारणा थी सब उनके सामने आने लगी।

अगली सुबह 26 अगस्त 2001 को प्रदीप सामान बांधना शुरू करता है और भोपाल से रायपुर तक रेल का सफर तय कर जगदलपुर के लिए

बस पकड़ता है।

चितूलनार बाजार

---

26 अगस्त 2001 रात 10.00 बजे

रात भर राज्य परिवहन की बस में बैठे हुए प्रदीप के मन में लाखो ख़याल आने लगते हैं जो उसने बस्तर के बारे में सोच रखे थे।

सुबह पौ फटते ही जगदलपुर पुराना बस स्टैंड पर नींद खुली।

अगस्त का महीना था, हल्की बारिश हो रही थी और कोहरे में डूबा वातावरण, मन को आनंदित कर रहा था ,मानो प्रदीप का स्वागत प्रकृति कर रही हो।

कुछ देर के लिए प्रदीप रात में आ रहे ख़यालों को भूल सा गया।

सुबह के 5: 25 बज रहे थे।

धुंध में कुछ नजर नहीं आ रहा था।

बरगद के, पेड़ के नीचे एक चाय की टपरी नजर आई।

टपरी पर रेडियो चल रहा था,

विविध भारती से संजीव कुमार की आंधी से गीत बजने लगा।

तेरे बिना जिंदगी से कोई शिकवा तो नही............

शिकवा नही ....

सिगरेट की कश में धुए के साथ ,चाय लिए प्रदीप चितूलनार के लिए बस का इंतजार करने लगा।

27 अगस्त की सुबह पहली बस पकड़ कर प्रदीप चितूलनार की ओर निकल पड़ा।

और एक खिड़की वाली सीट लेकर बैठ गया।

कोड़ेनार से कुछ गांव के लड़के-लडकियाँ बस पर चढ़ने लगे।

शायद रोजी-रोटी के लिए गांव से कोड़ेनार आए रहे होंगे। यहीं पास ही पत्थरों की खदान जो है।

जगदलपुर से मावलीगुड़ा आ रही बस में पूरी लोकल सवारी खचा-खच भरी हुई है।

आज इतवार है और चितूलनार का बाजार है.......

बस ठसा-ठस गांव वालों से भरी है,कहीं मुर्गे की बांग तो कहीं महुए की महक आ रही है।

लेका-लेकी हंसी ठिठोली करने लगते हैं।

बस की एक सीट पर 17 साल की ईरूम नाम की लेकी बैठी है जो पास बैठे 21 साल के हिड़मा को एक टक देख रही है।

जनवरी माह में मिलेपाल गांव के करसाड़ में एक दूसरे संग रेला पाटा गाए गीत को याद कर रहे होते हैं।

(इस क्षेत्र में मिलेपाल का करसाड़ बहुत प्रसिद्व है।)

कुछ देर के लिए मेले के संवाद उन दोनों के कानों में गूंजने लगते है, ...(दोनों के बीच प्रेम संवाद का हिस्सा जो दोनों याद कर रहे होते हैं।)

सोन नेरेक- प्रेम संवाद

मेले में जाने से पहले ,

इरूम लोहे की गुज्जीर लिए गांव के बाहर हिड़मा के इंतजार में आम पेड़ के नीचे बैठी है।

चटक नीले रंग की (माड़ीया साड़ी) पाटा साड़ी घुटने तक पहने हुए इरूम बहुत सुंदर लग थी,।

करसाड़ में गोदना बनाने वाले भी आए थे ,दोनो एक साथ अपने हाथों में आदिम शैली का गोदना बनावाया था।

माथे पर काली बिंदी-कानों में सोना पानी चढ़ा झुमका बहुत चमक रहा था।

गले में सोन-नेरेक भी दमक रहा था।

थोड़ी देर में हिड़मा अपनी सायकल लेकर पहुंचता है।

सायकल के कैरियर में बड़ा ढोल बांध कर रखा हुआ था, मेले में ढोल नाच जो करना था।

और मस्तक में गौर सिंग मुकुट धारण किए हिड़मा करसाड़ में जाने के लिए बिल्कुल तैयार था।

तन पर सफेद शर्ट और सफेद लुंगी, गले मे सोन नेरेक, हाथों में चांदी का कड़ा, उस पर देव सियाड़ी बीज की कंधे पर माला धारण किए हुए सायकल से पहुंचता है।

इरुम हिड़मा को देखकर एक लम्बी सांस लेती है उसे कुछ देर तक एक-टक देखने लगती है।

हिड़मा गौर मुकुट लगाए, कौड़ियों की झालर के बीच से इरुम को निहारने लगता है। और मुस्कुराते हुए कहता है कि अब तुम कहाँ बैठोगी सायकल में पीछे तो ढोल बंधा है !

इरुम ने इठलाते हुए कहा कि चलो हटो सायकल मैं चलाऊँगी तुम पैदल आओ।

थोड़ी हंसी ठिठोली के बाद इरुम सायकल की डंडी पर सामने बैठ जाती है।

हिड़मा का हाथ सायकल चलाते हुए कभी-कभी इरुम के हाथों का स्पर्श पा लेता कभी इरुम के बाल हिड़मा के चेहरे को स्पर्श करते । कभी एक दूसरे के बीच हो रहे अनकहे प्रेम संवाद में डूब रहे थे।

दोनों इस यात्रा में एक दूजे के होकर सदा के लिए एक हो गए ।

इस अनकहे प्रेम भरे नजरों का संवाद कुछ देर तक यूं ही चलता रहा। फिर थोड़ी देर में इरुम बिना कुछ कहे सायकल की सामने डंडी पर आकर बैठ गई और में प्रेम के गीत गाते हुए मिलेपाल करसाड़ की ओर निकल पड़ते हैं।

करसाड़ में पहुँचने के बाद दोनो उनके गांव के देव डेरा में जाकर विश्राम करते हैं।

करसाड़ में एक तरफ महुआ पेड़ के नीचे महिलांए ,महुआ, लांदा, और सूराम बेच रही थी।

दूसरी तरफ दाल बोबो ,उड़द बड़ा और जलेबी की दुकानें लगी थी।

थोड़ी देर बाद गांवों से विभिन्न देवी देवताओं का आगमन होने लगता है।.... उन दोनों के बीच आंखों ही आंखों कें इशारे में बातें हो रही है । इरुम और हिड़मा के बीच चल रहे करसाड़ के स्मृति चल चित्र से अचानक उनका ध्यान टुट जाता है , उनके कानों में रेला पाटा के स्वर गूंजने लगते है।

इसी बीच बस में बैठे लेका-लेकी एक स्वर में रेला गाना शुरू करते है।

रे रेला यो रे रे रेला...............................

रे रेला यो रे रे रेला...

कमांडर जीप- चितुलनार से बोरनार

चलती बस में ये दृश्य, प्रदीप एक कोने की सीट में बैठे कर देख रहा होता है।

कीलेनार से आगे निकलते ही बाहर का नजारा देख प्रदीप नजारों में खोने लगा।

काले-काले बादल आसमां में छाने लगे,

बादलों के कारण हल्का अंधेरा सा छाने लगा

दूसरी ओर खिड़की के बाहर धान के खेत लहलहा रहे थे।

साथ में हल्की बारिश हो रही थी।

ठण्डी ठण्डी हवा ,सरसराहट के साथ कानो को छू रही थी।

बस की खिड़कियाँ कुछ आधी खुली व बंद थी। उनके टकराने से खड़ खड़ ,खड़ की आवज आ रही थी। आधी खुली खिड़कियों सें

तेज बारिश की बूंदे अंदर आ रही थी। पानी की बौछार ,फुहार मानो प्रदीप के चेहरे को छूकर उसका अभिवादन कर रही हो।

उसे महसूस होता है वो एक अलग ही दूनिया में कदम रख चूका होता है।

बस जब मिलेपाल के पठारी क्षेत्र में पहुंची तो एक धुंधला सा बेहतरीन नज़ारा ,जो प्रदीप की नज़रों ने देखा ।

नंदराज पर्वत की ऊँची-ऊँची श्रेणियां 45 कि.मी. दूर से दिखाई दे रही थी। नंदराज की श्रेणीयां 40 कि.मी. लंबाई में फैली हुई विशालकाय लग रही थी।

इसी श्रेणी में बैल के कुबड़ की तरह एक शिखर दिखाई दिया, प्रदीप ने जिसे समाचारों मे पढ़ा और फोटो में देखा था।

उसने अंदाजा लगा लिया हो न हो इसे ही बैलाडीला कहते हैं।

नंदराज पर्वत से 35 कि.मी. पहले प्रदीप को उतरना था। उसका स्टॉपेज आने ही वाला था।

थोड़ी देर में चितूलनार बाजार आने पर सारे लेका-लेकी बस से उतर जाते है।

प्रदीप भी यहाँ उतर जाते हैं।

चितूलनार से बोरनार 40 कि.मी. की दूरी पर स्थित है।

प्रदीप का सफर फिर यहां से शुरु होता है ,सुबह के 09 बज रहे होते हैं, वह जीप में बैठ कर बोरनार का सफर तय करते हैं।

खचा-खच भरी जीप और गाड़ी की कंडीशन को देख कर प्रदीप मन ही मन सोचता है माड़ का आधा दर्जन तो यही हो गया और आगे देखते हैं क्या-क्या बाकी है।

बोरनार प्राथमिक स्वास्थ्य केंद्र पहुँचने पर उनकी मुलाकात एंबुलेंस चालक हिड़मा से होती है।

हिड़मा उनका स्वागत महुए फूल की माला से करता है और अभिवादन करता है।

अपना परिचय देकर हिड़मा बोरनार के ऐतिहासिक और पौराणिक महत्व को बताता है।

कहता है-" साब ! यहा पे घूमने लायक जगा बहुत है भोत सारा मंदिर है अउर बड़ा-बड़ा तालाब है। शाम को उधर घुमने जाना आप"

ठीक है साब मैं आपके रुकने का व्यवस्था करता हूं। "

उन्हें बोरनार सांझ के समय घूमकर आने को कहता है।

पास के सरकारी आवास को हिड़मा उनके लिए साफ कर उन्हे सौंप देता है।

थका मांदा प्रदीप दोपहर में ही सो जाता है।

27 अगस्त की शाम 5:35 को प्रदीप की आँख खुली, और हिड़मा की बातें याद आईं।

वह उठकर अपने सरकारी कमरे से बाहर निकला,

बाहर हल्की बूंदा-बांदी हो रही थी,

प्रदीप चलते-चलते थोड़ा आगे निकल आया ।

सामने बोरनार का बड़ा तालाब नजर आ रहा था साथ में पुराने मंदिरो का समुह भी था,

जो आम के पेड़ों की ओट में छिप गया था।

बड़े तालाब की मेंड़ पर चलते-चलते प्रदीप सावन-भादो की अठखेलियों को देख रहा था।

वहीं से माड़ के बड़े बड़े पहाड़ नजर आ रहे थे,

उन पर काले-काले बादल दूर-दूर तक मंडरा रहे थे।

क्षितिज में डूबता सूरज और बड़े तालाब की हिलोरे खाती लहरें ,

पूरे वातावरण को सुहाना बना रही थी।

प्रदीप किनारे पर बैठ कर देर तक यह नजारा देखता रहा।

उसी समय लैंड लाइन फोन की घंटी बजी,

टर्र टर्र.................................

हेलो कौन

जी मैं बड़ा बाबू पुरब ठाकुर बोल रहा हूँ चितूलनार सामुदायिक केंद्र से।

जी साब बोलिए मैं हिड़मा बोल रहा हूँ,

जी, जी बताइए

बाबू- डॉक्टर साब कहां है?

हिड़मा- जी बड़े बाबू ,वो तो बड़े तालाब की ओर घूमने गए हैं क्या समाचार बताइए मैं बता दूंगा साब को !

अच्छा ठीक है उनको बता देना-

"डॉक्टर साहब की ड्युटी बोरनार के सुरक्षा बल कैंप में लगाई गई है,

जंहा उनको महीने में दो दिन शिविर के रूप में सेवा देनी है।

मानसिक परिचर्या एवं सलाह के लिए।"

इतना बता दोगे न साब को !

हिड़मा - जी बड़े बाबू मैं बता दूंगा।

एक घण्टे बाद डॉ. प्रदीप अपने निवास पहुंचे तब हिड़मा ने सारी बात बता दी।

रात हाने पर हिड़मा ने प्रदीप के लिए भोजन की व्यवस्था करवा दी और देर रात तक बोरनार क्षेत्र के बारे मे चर्चा चलती रही ।

देर राज प्रदीप भी सोने चले गए।

माड़ के जंगल और मधु

सात साल बाद सन् 2007 नवंबर

बोरनार से 10 किमी दूर इंद्रावती के उस पार माड़ का इलाका घने जंगलों से घिरा और सुरम्य वातावरण से अटा पड़ा है।

उंचे-उंचे सागौन व साल के पेड़ हरी-भरी झाड़ियों की सरसराहट माड़ को अबुझ बना कर रख देती है।

पास ही किंदावाड़ा जल प्रपात की झर-झर करती ध्वनि जंगल में गूँज रही है।

यहाँ से कुछ दूर सुरक्षा बल कैंप है जंहा पर माधव संतरी की पोस्ट पर कार्यरत है।

जंगली पक्षियों का कलरव ,और जलचर पक्षियों की चिंघाड़ माड़ के जंगल का सन्नाटा तोड़ रहा है।

अपनी चेक पोस्ट पर माधव रायफल ताने मोर्चे पर तैनात है।

मोबाइल कवरेज की तलाश में माधव ने उसे पेड़ पर बांध दिया था। ,पेड़ से लटक कर मोबाइल हवा में झुल रहा था।

जंगल के बीचो-बीच पेड़ पर लटके मोबाइल की घण्टी बजती है ,एक धुन रिंग टोन में सुनाई देती है।

मेघ प्रकाश शेरपा

"तेरे मेरे होटों पे, मीठे मीठे गीत मितवा

आगे आगे चले हम, पीछे पीछे गीत मितवा.........."

चांदनी फिल्म ,की यह धुन सुनकर माधव के चेहरे पर मुस्कान आ जाती है।

माधव हिमाचल कांगड़ा का रहने वाला है।

यह फोन माधव की मंगेतर मधु का है जो कांगड़ा के चाय बागान पर काम करती है। 20 साल की मधु , मध्यम कद काठी, लम्बा गोरा मुखड़ा ,बाल जैसे एकदम गोल घुंघराले लट , सिर में कपड़ा बांधे पीठ पर चाय पत्ती की टोकरी लिए एक दम पहाड़ी लग रही थी । गीत वो भी वही गुन गुना रही थी।

फोन की घण्टी बजते ही आवाज आती है।

..हैलो मधू

कैसी हो ?

माधव की आवाज सुनते ही मधु सिसकने लगी। कई दिनों बाद उसकी आवाज सुनी थी।

मैं ठीक हूँ तुम बताओं छुट्टी कब ले रहे हो

इस साल शादी करना ही है ,

इस बार कोई बहाना नही चाहिए..............

(मधु कुछ देर रुक जाती है लम्बी सांस लेकर कहती है)

जल्दी आना, तूम्हारी बहुत याद आती है।

तुम उन जंगलों में किसी वन कन्या के मोहपाश में तो नही हो न ....?

देखो मुझे छोड़कर किसी और के बारे में सोचना भी नहीं.....!

नही तो मैं जान दे दूंगी।

इस बार पक्का है ,नवंबर-दिसंबर में ही कर लेंगे।

माधव- मधु मैं किसी और के बारे में सोच भी नही सकता , तुम्हे देखने के लिए मेरी आँखे तरस जाती है। एक-एक महिना जैसे साल सा लगने लगा है। कभी तुम्हारे साथ सजाए सपने, सपने ही रह जाऐंगे ऐसा लगता है।

मधु मुझे गांव की बहुत याद आती हैं। कभी -कभी मन करता है ये नौकरी चाकरी छोड-छाड़कर वापस गांव चला आऊँ । माँ, पिता जी की भी बहुत चिंता लगी रहती है ।

मधु कभी-कभार घर चली जाया करो ,कभी अपने हाथों से किसी दिन का खाना बनाकर खिला देना।

और तुम्हारे माता पिता को मेरा प्रणाम कहना ,मै जल्द ही आऊंगा उनको कहना। अच्छा ठीक है मै फोन रखता हूँ।

तभी अचानक वायरलेस पर सुचना मिलती है।

कोइ विशिष्ठ अतिथी फोर्स के कैंप में आने वाले है।

प्रेम

सन् 2007 दिसंबर

इरुम 17 वर्ष की कम पढ़ी लिखी नूंआनार गांव की सामान्य लड़की है। सामान्य कद-काठी , सांवले रंग और गठीले शरीर में वह वन देवी की तरह दिखतीं है।

हिड़मा 21 वर्ष का है, वह भी उसी गांव से है जो पढ़ा लिखा सामान्य है और बोरनार के प्राथमिक स्वास्थ्य केंद्र में एंबुलेंस चालक है।

जंहा डॉक्टर के पद पर प्रदीप पदस्थ है।

सुबह के 08 बजे है।

हिड़मा अपनी सायकल से रोज की तरह काम पर जा रहा है,

हल्की बारीस हो रही है,

वह अपने डोंगरी पारा वाले घर से धीरे-धीरे सड़क की ओर आ रहा है।

पास ही पटेल पारा में इमली पेड़ के पास इरुम का घर है।

इरुम काम के लिए घर से निकली ही थी कि उसे हिड़मा नजर आया।

तभी पीछे धान के खेतों से इरुम ने आवाज लगाई।

हिड़मा, हिड़मा.......................रुको मुझे भी साथ ले चलो।

हिड़मा रुक गया, दौड़ते हुए पास आकर वह रुकी।

उसके पास आते ही इरुम ने मजाक से धक्का देते हुए कहा

अक्सर यंही से जाते हो मुझे भी साथ ले लिया करो।

हिड़मा ने सायकल से उतर कर, इरुम की ओर हल्की मुस्कुराहट के साथ देखा,

सायकल की डण्डी पर इरुम उछल कर बैठ गई।

अब चलो भी

ऐसे मुझे देख कर मुस्कुराते ही रहोगे, या सायकल भी चलाओगे।

गांव की पगडंडी में हिड़मा, इरुम की बातों पर मुस्कुराता रहा,

इरुम कभी अपने बालों को संवारती तो कभी चोरी-चोरी हिड़मा को देखती।

हिड़मा ने पूछा कहाँ जा रही हो

मैं भी बोरनार तक जाऊँगी , वहां से जीप में बैठ कर चितूलनार निकल जाऊँगी।

वहां एक ठेकेदार के पास काम करती हूँ

उसका पुल ,सड़क, सरकारी बिल्डिंग का काम है।

अच्छा तुम आजकल क्या कर रहे हो

हिड़मा ने कहा मेरी नौकरी लगी है बोरनार अस्पताल में।

मेघ प्रकाश शेरपा

वहां मैं एंबूलेंस ड्राइवर हूँ।

सायकल चलाते वक्त कुछ देर बाद दोनो चुप हो गए,

जैसे कहने को कुछ रहा नही,

अचानक इरुम कुछ गुनगूनाने लगती है,

रे रेला यो रे रे रेला..............................

रे रेला यो रे रे रेला..

फिर हिड़मा भी उसके साथ गाने लगता है।

यह सिलसिला कुछ महीनो तक यूं ही चलता रहा।

कब वह एक दूसरे के पवित्र प्रेम बंध गए पता न चला ।

इरुम और हिड़मा के बीच कई बार लम्बे समय तक बात नही होती

फिर भी एक दुसरे से वो प्रेम डोर में बंधे हुए थे।

माड़ चो इरुम

जनवरी 2008

ठेकेदार मूलचंद चितूलनार से अपनी बड़ी गाड़ी में बैठ कर अपने निर्माणाधीण पुल का काम देखने निकलता है। साथ में उसके निजी सुरक्षाकर्मी होते हैं जो सरकार की ओर से दिए गए थे।

मूलचंद सत्ताधारी पार्टी में स्थानीय विधायक का करीबी है और पार्टी में बड़ा ओहदा रखता है।

अंदर दादा लोंगों से भी सांठ-गांठ है।

नंदराज पहाड़ के नजदीक जंगलों में मूलचंद का पुल निर्माण का ठेका है जिस पर काम चल रहा है।

इसी साइट पर इरुम और उसके साथी पुल पर ढलाई का काम कर रहे थे।

मूलचंद अक्सर इरुम के पास जाने की कोशिश करता,

उसे किसी न किसी बहाने वह अपने पास बुलाता पर, हर बार इरुम खुद को उससे दूर कर लेती।

उस दिन शाम जब सब चले गए तो मूलचंद ने रोक कर कहा,

ऐ लड़की रुको !

कहां जा रही हो !

अपना रोजी तो लेते जाओ !

इरूम उसकी नियत भांप गई थी।

उसने हड़काते हुए कहा - मुझे आज नहीं चाहिए ,इतवार को दे देना उस दिन बाजार कर लूंगी।

मूलचंद- अरे !

कैसे नहीं चाहिए, ले लो जरूरत पड़ेगी(मूलचंद ने खराब मुह बनाकर ,पैसा दिखाकर उसे कहा)

इतना कहकर मूलचंद उसका हाथ पकड़ लेता और अनैतिक कृत्य का प्रयास करता है।

इरूम और मूलचंद के बीच हाथापाई में इरूम के हाथ में चोट आ गई उसी वक्त इरूम ने

एक पत्थर मूलचंद के सिर पे दे मारा !

मूलचंद लहूलुहान होकर गाड़ी में बैठ कर भाग गया।

मूलचंद की बुरी नजर बहुत दिनो से इरूम पर थी।

इन सब घटनाओं से वह बहुत व्यथित होती रही,

धीरे-धीरे यह क्रोध उसके मन में पलता रहा और समय के साथ बढ़ता रहा।

इरूम की मजबूरी थी ,घर में कमाने वाला कोई नही था ,घर में वह इकलौती थी।

जंगल से जो महुआ, चार, टोरा ,चीरौंजी, इमली, आमा खुला और अन्य वनोत्पाद मिलते थे उससे घर चलाने का बहुत प्रयास किया।

पर बाजार में इन सब के कोचिए (बिचौलिए) लोग कम दाम मे छीन-झपट लेते थे।

कभी सड़क किनारे सल्फी बेचने बैठ जाया करती पर कभी कोई पैसा नहीं देता तो कभी कोई बुरी नजर से देखता। कोई पैसा कल देने का बहाना कर उससे बहस करता, ये सिलसिला भी लंबे समय तक चलता रहा।

महुआ ,टोरा ,चार ,इमली का सही रेट नहीं मिलने से इरुम बहुत परेशान हो जाती थी।

उसे बहुत गुस्सा आता था कोचिया लोगों पर

वह भी अच्छा जीवन जीना चाहती थी।

पर व्यवस्था, परिस्थितियां और लोग उसे कहीं न कहीं मात दे रहे थे।

वह जीतना चाहती थी समाज से, लोगों से और अपने अंदर पलते द्वंद से।

द्वंद

इसी बीच दूसरे दिन शाम को कुछ कोलाहल होता है।

अपने घर के एक कोने में बैठी इरुम कुछ सोच में डूबी हुई थी।

तभी में गांव में कुछ लोगो के आने की खबर मिलती है ।

गांव के सभी लोगों को डोंगरी पारा में रात में, इमली पेड़ के नीचे बैठक का बुलावा आता है।

हिड़मा और इरुम भी उस बैठक में एक कोने में बैठ कर सब सुन रहे थे ।

अंदर से आए दादा लोग ,सरकार के द्वारा की जा रही दमनकारी नीतियों के खिलाफ आवाज को बल देने के लिए कहते हैं।

सामने कई तथ्य और उदाहरण रखतें है।

भ्रष्टाचार के खिलाफ आवाज बुलंद करते है।

एक व्यक्ति जो अपने आप को कामरेड गुरु कहता था वो बुलंद आवाज में अपनी बात रख के उन्हे समझाने का प्रयास करता है।

यह सब इरुम, एक कोने से बैठे देख रही होती है।

उसका क्रोध अग्नि की तरह भभकने लगता है और आँखें लाल हो जाती है।

सारे मंजर उसके सामने आने लगते है।

अंदर वालों में से किसी एक की नजर इरुम पर पड़ जाती है

उनमें से एक इरुम के पास आया और कुछ पूछने लगा,

तुम्हारा क्या नाम है ?

"इरुम"

मै कामरेड गुरु हूँ।

इरुम तुम्हारे जैसे साथियों की आवश्यकता है हमें, हम एक मजबूत जनताना सरकार बनाएंगे।

ये सरकार हमारी और हमारे लोगों की होगी। जहां जल-जंगल , जमीन, संसाधन सब हमारा होगा।

कानून हमारा होगा।

सामंतवादी व्यवस्था को ध्वस्त कर अपनी मजबूत सरकार बनाएंगे। किसी के सामने हाथ फैलाने की जरूरत नहीं होगी ।

कोई हमारी जमीन नहीं छीन सकेगा, हमारे जंगल पर हम सदियों से आश्रित है ये हमारी पुरखों की है।

जब ये कार्पोरेट वाली सरकार नही थी तब तक जल-जंगल जमीन सुरक्षित थे। इनके आते ही माड़ के खनिज संपदा का उत्खनन तेजी से हो रहा है।

हमारे जंगल कार्पोरेट के फायदे के लिए काटे जा रहे है।

यहां के जंगली जीव जंतु धीरे-धीरे समाप्त हो रहे हैं।

पारिस्थितिक तंत्र पूरी तरह तबाह होने वाला है।

वो दिन दूर नहीं जब नंदराज पहाड़ से आने वाली हवाओं का रुख बदल जाएगा ,और मानसूनी बादल फिर इधर कभी नहीं आएंगें !

न कभी अच्छी बारिश होगी न कभी हमारे खेतों में कोदो कुटकी फसल लहलहाएगी।

हमारे बच्चे भूख से तड़प-तड़प कर मर जाएंगे। हमारी नस्ल ही खत्म हो जाएगी।

धीरे-धीरे मौसम भी बदलेगा, गरमी बढ़ेगी और तालाब, नाले, नदी सब सूख जाएंगे।

तब तक हमारे हिस्से का खनिज ये लूट चुके होंगे,

हमारी धरती बर्बाद कर चुके होंगे ।

हवा ,पानी, जंगल ,पक्षी , जीव जंतु, सब तबाह हो जाएगा ।

हमारे हिस्से आखिर में यही लाल पानी आएगा

और इसका लाल जहर !

ये कामरेड गुरु का वादा है आप सब लोग हमारा साथ दीजिए हम आपको आपका अधिकार दिला कर रहेंगे ।

अपनी बात रखते हुए कामरेड का चेहरा लाल हो जाता है।

आंखें बड़ी-बड़ी भौंहें एक दम तनी हुई। और उन्हीं भाव भंगिमाओं से वो बैठक में आए गाँव वालों को देखते है।

" लाल सलाम जिंदाबाद "के नारे लगाते हुए वो जंगल की ओर चले जाते है।

इरुम कामरेड की बात को बड़े ध्यान से सुन रही थी, उसके चेहरे के हाव-भाव भी बता रहे थे, कामरेड की बातें उसके दिल दिमाग में आमावस के रात की तरह छा गई थी चारो ओर।

पास खड़ा हिड़मा इरुम के हाव भाव देख कर समझ जाता है।

वह उसे समझाता है-

देखो इरुम !

दादा लोगो की लड़ाई पुलिस और सुरक्षा बलों से है। इन सब के झमेलों में हमें नहीं पड़ना है।

इरुम- हिड़मा। तुम्हें क्या लगता है कब तक तुम इन सब चीजों से बच पाआगे। आज नही कल इनकी विचारधारा तुम्हें भी प्रभावित करेगी।

हिड़मा- हम दोनो रोजी-किसानी करके जीवन चला सकते हैं।

और मेरी एम्बुलेंस ड्राइवर की नौकरी है आज नहीं तो कल मेरी नौकरी पक्की हो जाएगी। हम आराम से जीवन काट सकते हैं।

हिड़मा- रात बहुत हो चुकी है इरुम अब घर को चलते है।

दोनों अपने अपने रास्ते निकल जाते हैं।

हिड़मा तो घर पहुंच जाता है पर इरूम कहीं दूर अपने खयालों में डूब जाती है।

उसी रात इरूम के सपने में कुछ भयानक दिखाई देता है।

वो देखती है कि नंदराज पर्वत से बड़े-बडे पत्थर पहाड़ से नीचे गिर रहे हैं। पहाड़ धसकने लगा और तराई में बसे लोग अपना घर-द्वार छोड़कर भागने लगे ।

इरूम के घर के बाहर आंगन में महुए का पेड़ था और उसके बाजू से लगकर छोटा सा मचान बना हुआ था।

किसी दिन जनवरी 2008 की वो ठंड भरी रात थी। रात चांदनी आकाश में बिखरी पड़ी थी। पेड़ के नीचे सूखी ठूंठ जल रही थी। थोड़ा-थोड़ा धुंआ रात भर उठ रहा था।

घर के अंदर से अचानक पिता के जोर-जोर से खांसने की आावज आई!

इरूम मचान से उतरकर तेज कदमों से घर के भीतर गई , अंदर का नजारा देख कर वो घबरा सी गई ।

उसके पिता के मुंह से खून निकल रहा था ।

माँ भी खबरा गई स्थिति देखकर वो दौड़ते हुए अंदर गई और कसेला में पानी ले आई।

माँ खाट के कोने में बैठ कर उन्हे पानी पिलाने लगी ।

पिता की पीठ पर लगातार इरूम हाथ फेरने लगी, थोड़ी देर बाद पिता की स्थिति समान्य हो गई । इरूम ने थोड़ी राहत की सांस ली।

थोड़ा देर पिता के सिर पर हाथ फेरते हुए, वो खाट के सिरहाने बैठी रही।

पिता की आँख लगने के बाद वो आहिस्ते उठ कर फिर मचान पर चली गई।

उस मचान पर इरुम लेटी हुई थी और कामरेड की बातों के बारे में बार बार सोचते हुए सो जाती है।

इरुम अचानक घबराकर नींद से जाग गई ।

उसकी सांसे बहुत तेज चल रही थी।

रात के 02 बज रह थे।

उसे वो ख़याल बार बार आ रहे थे।

वह मचान के उपर खड़े होकर को चारो तरफ से घर को देखने लगी।

मानो एसा लग रहा था वो पहली बार अपने घर को देख रही हो!

चारो ओर जंगल से घिरा घर ओर उसमें एक लालटेन जल रही थी।

मुख्य सड़क से घर तक एक पतली सी पगडंडी घर को जोड़ती थी।

कुछ आम, अमरुद ,साल ,सागौन ,बीजा ,महुआ के पेड़ झुरमुट से झांक रहे थे। छोटा सा कुंआ, किनारे रखे कुछ घड़े और महुआ पेड़ के नीचे की रसोई, उसमें रखे मिट्टी के बर्तन। कुछ प्लास्टिक के बोरे में कोदो, और कोसरा रखा हुआ था।

बांस की टुकनी में सूखी बासन पाती मछरी, चींगड़ी, खड़ा नमक , सोयाबीन की बड़ी और जोंधरा रखा हुआ था।

मंद ,महुआ ,तेंदू पान बीड़ी

ये सब देखते-सोचते उसकी भी आँख लग जाती है।

सुबह जब आँख खुली तो वह सबसे पहले अपने गांव नुआनार के सिरहा के पास गई ।

और पिता के बीमारी का सारा किस्सा बताया सिरहा ने देव बैठा कर पिता की बीमारी के बारे में पूछा देव ने कहा किसी भी प्रकार का बाहरी हवा ,देव , भूत बाधा कुछ नही है।

सिरहा ने अस्पताल जाने की सलाह दी।

इरुम हिड़मा के घर गई और सारा किस्सा बताया ।

हिड़मा ने कहा मैं बोरनार अस्पताल जा रहा हूँ, थोड़ी देर में वहां से एम्बुलेंस लेकर आता हूँ फिर साथ में डाक्टर को दिखवा देंगे।

कुछ देर बाद हिड़मा गाड़ी लेकर आ जाता है। माँ ,पिता और इरुम , हिड़मा के साथ निकल जाते है।

बोरनार अस्पताल में डा. प्रदीप उनकी हालत पर चिंता व्यक्त करते हुए कहते हैं, इनकी हालत बहुत खराब है इनकी खखार जॉच करानी होगी और छाती का एक्स रे करवाना पड़ेगा ।

आप लोगों ने इन्हे पहले क्यों नही लाया !

चलो ठीक है कोई बात नही।

हिड़मा इसे लेकर चितूलनार सामुदायिक स्वास्थ्य केंद्र लेकर जाओ। वहां डा. संजय मिलेंगे मैं टेलीफोन से बता देता हूँ ।

डा. प्रदीप ने पूछा क्या ये मंद, बीड़ी का सेवन अत्याधिक करते है ?

इरुम ने तपाक से कहा - साहब !

हमारे बोलने पर भी नहीं मानते, दिन भर सुबह से मंद का नशा करते है। और बीड़ी भी पीते हैं।

माँ भी उनकी बात सुनकर विस्मय भरी आँखों से डॉक्टर की तरफ देख रही थी ।

थोडी देर बाद वो सभी चितूलनार पहुंच गए, सारी जरूरी जांच कराने के बाद रिपोर्ट लेकर वापस बोरनार स्वास्थ्य केंद्र आ गए।

डॉ. संजय ने उसके पिता के संबंध में सारी जानकारी प्रदीप का दे दी।

प्रदीप ने कहा तुम्हारे पिता को क्षय रोग है और वह बिगड़ी हूई अवस्था में है। इनका शरीर पूरी तरह सूख चुका है।

इन्हे ठीक करने का मैं पूरा प्रयास करूंगा ।

इरुम की माँ मुह पर कपड़ा रख के दूर खड़ी होकर सिसक रही थी......

उसे अपने पति की हालत पर चिंता होने लगी।

शाम होने को आई सब अपने गांव नुआनार आ जाते है।

हिड़मा थोड़ी देर बाद इरुम के घर गया उस वक्त घर के आंगन में एक चारपाई लगी हुई थी।

घर के चारो तरफ जंगल की मोटी-मोटी लकड़ियों का घेरा था। दो कमरे के घर में एक में पिता भीतर सोए हुए थे।

एक में रसोई घर था।

सीमेंट शीट का छोटा सा सार बना हुआ उसकी मेंयार से लटकती हुई केरोसिन का चिमनी जल रही थी।

उसकी मद्धम लाल रोशनी घर के आंगन में लालिमा दे रही थी।

जंगल के बीच बसे उस गांव में उस दिन चांद तारे भी दिखाई नहीं दे रहे थे।

आंगन में लगी उस सियाड़ी रस्सी से बनी खाट पर इरुम पहले से बैठी हुई थी।

हिड़मा भी धीरे से आकर उसके करीब बैठ गया।

माँ अंदर खाना बनाने में लगी हुई थी।

इरुम ने कहा मुझे कुछ सूझ नही रहा है हिड़मा जीवन का

ये कैसे जीवन चलेगा !

कैसे गुजारा होगा !

पिता को अगर कुछ हो गया तो मेरा और माँ का क्या होगा ?

वैसे भी खेती में कुछ खास उपज नहीं होती,

कोदो ,कुटकी ,रागी, जोंधरा साल भर भी नहीं पूरता !

उपर से पिता की ये बीमारी ,

इलाज का खर्चा कैसे उठाएंगें।

हिड़मा इरुम के सिर पर हाथ फेरते हुए कहा-

तुम चिंता क्यो करती हो ?

क्षय रोग का इलाज संभव है और सरकारी अस्पताल में फ्री में होता है।

और रही बात गुजारे की, मैं तो हूँ न !

अगर तुम जीवन भर मेरे साथ रहना चाहो तो मैं नेंग रसम के साथ शादी के लिए तैयार हूँ।

तुम अपने कुटूम में सब से बात कर लो, अगर वो राजी हो तो मुझे कोई आपत्ति नही है।

इरुम ने सिर उठाकर अपनी सजल आँखों से हिड़मा की ओर देखा।

और उसे गले लगा लिया ।

माँ भी उन दोनों की बातों केा दरवाजे की ओट से सुन रही थी।

दोनो का प्रेम देख माँ भी अपने आंसू रोक नही पाई। वो जानती थी कि हिड़मा जैसा लड़का पूरे गांव-परिवार में नही मिलेगा। वो चुप रही और मन ही मन दोनो बच्चो को आशीर्वाद दे दिया।

माँ की चुप्पी उनकी हामी की ओर इशारा कर रही थी। माँ ने दोनो को खाने में आमट की सब्जी और कोसरा भात दिया। कुछ देर बाद हिड़मा अपने घर चला गया।

प्रतिशोध या प्रहार

मार्च 2008

नियति को कुछ और ही मंजूर था।

इरुम के हाथों की लकीरों में तेल ,हल्दी ,लगन लगने का भाग्य कहाँ था।

उसके संघर्षों की कहानी अब नया मोड़ लेने वाली थी ।

सब ठीक ठाक चल रहा था।

अचानक उसके पिता के चले जाने से वह टूट सी गई।

पिता की बीमारी अंतिम चरण में थी।

डॉक्टरी इलाज में तक पहुचने में बहुत देर कर दी।

पिता ने भी अपनी गरीबी का हाल देखकर कभी अपनी स्थिति घर वालो को बताना उचित नही समझा ।

उसका खामियाजा आज इरुम भुगत रही थी।

कुछ दिन बाद मार्च 2008 को किसी दिन वह जंगल

महुआ बिनने को गई।

जंगल में खबर फैल गई थी कि कामरेड गुरु कहीं आस-पास आया हुआ है।

इरुम के भीतर बहुत कुछ चल रहा था।

हाथ में कोई रोजगार नहीं।

पिता का साया उठ चुका था।

ठेकेदार की बत्तमीजी उसके जहन में काले साए की तरह बस गयी थी।

जंगल का सामान बाजार बेचने जाए तो बिचौलिए औने पौने दामों में समान झटक लेते थे।

गांव में इरुम से लोग दूर-दूर रहते थे पिता की बीमारी की छुआछूत को लेकर।

इतना सब हो चुका था ,

अब कुछ भी बाकी नही था,

जो उस 19 साल की लड़की के साथ हो रहा था।

घर में कोई बड़ा भाई या सगा नहीं था जो उसे इस मुश्किल घड़ी में

संभाल सकता या उसे ममता की छाव ,प्रेम दुलार कर सकता।

जैसे उसकी परिस्थितियां उसे तोड़ने में तुली हो !

उसके भाग्य पर जैसे जोर-जोर से अट्हास कर रहा हो।

इस वजह से उसका मन दुनियादारी से खिन्न हो चला था।

इरुम महुआ टुकना छोड़ जंगल की ओर चल पड़ी !

कामरेड जंगल में गांव के लोगो से बैठक कर रहा था।

अचानक गुरु की नजर इरुम पर पड़ी और सब चौकन्ने हो गए।

" ए लड़की तू यहाँ क्या कर रही है ?

और तू कौन है?

थोड़ा और करीब जाने पर कामरेड गुरुदेव ने उसे पहचान लिया ।

इरुम पहले ही उस विचारधारा के आगोश में थी।

इस मुलाकात ने आग में घी डाल दिया।

कई महीनें तक इरुम जब घर नही आई तो गांव वालो ने और उसकी माँ ने भी उसकी तलाश बंद कर दी।

हिड़मा ने भी उसके आने की आशा छोड़ दी । वो जान गया था कि इरुम अंदर वालो के साथ चली गई।

इरुम की माँ ने सोचा, अकेले जीवन-यापन करने से अच्छा समाज में दूसरा साथी के साथ जीवनयापन करना उचित समझा। यह सोचकर दूसरे गांव चली गई और किसी व्यक्ति से दूसरा विवाह कर लिया।

इरुम का घर हमेशा के लिए सूना होकर खंडहर में तब्दील हो गया।

वही घर जहां हिड़मा के साथ इरुम ने पूरा जीवन साथ जीने ेका सपना देखा था।

उस घर में लगे हर पेड़ से उसकी आत्मा जुडी हुई थी।

बेजान शरीर सा वो घर अब खंडहर में तब्दील हो चुका था।

इधर कामरेड ने उसे नंदराज पर्वत क्षेत्र में काम पर लगा दिया। लोगों के संपर्क में आकर सूचना जुटाना शुरू कर दिया।

इरुम अब कामरेड इरुम बन चुकी थी।

क्षेत्र मे उसका नाम और दबदबा चलने लगा।

एक रोज नंदराज पर्वत के तलहटी में गांव मेंलारास में पुल निमार्ण का काम चल रहा था।

उसका ठेकेदार था मूलचंद !

कोई और नही ये वही मूलचंद जिसने इरुम को जख्म दिए थे।

ये खबर इरुम को लग गई।

उसने अपने कुछ साथियों के साथ उसे सबक सिखाने का सोचा।

निर्माणाधीण पुल के पास झाड़ियों में छिपकर वो उसके आने का इंतजार करने लगे।

कुछ देर बाद मूलचंद वहां पहुंच गया।

झाड़ियों से निकलकर उसे इरुम ने घेर लिया,

उसके कनपटी पर बंदूक टिका दी।

इरुम -कैसे मूलचंद पहचाना ?

अरे ! अरे!

मुझे छोड़ दो मुझसे गलती हो गई थी।

उस बात को बहुत साल हो गए,

मुझे माफ कर दो।

इरुम- माफ कर दूँ?

कैसे माफ कर दूँ?

तुम मेरा वो बिता हुआ खराब समय बदल सकते हो?

क्या मेरा आत्मसम्मान वापस दे सकते हो?

आज तो तुम्हे सजा मिलकर रहेगी!

मूलचंद- नही नही, एसा मत करो।

मै तुम्हारे हाथ जोड़ता हूँ।

इरुम ने कहा आज इसे सबक सीखना ही पड़ेगा।

इसके हाथ पैर बांध दो और इसकी धुनाई करो।

और इसे एसा ही छोड़ दो, रात मे जंगली जानवर आएंगे और वही इसका फैसला करेंगे।

तभी मूलचंद ने चालाकी से अपनी लाइसेंसी पिस्तौल निकालने का प्रयास किया और धक्का मुक्की में इरुम की रायफल से फायर हो गई।

मूलचंद के सीने से खून बहने लगा और वह जमीन पर गिर गया।

कुछ देर में उसने दम तोड़ दिया।

इरुम कुछ समझ पाती तब तक ये सब हो गया।

उसका विचार, उसे मारने का बिल्कुल नहीं था।

वह उसे मार पीटकर सबक सीखाना चाहती थी।

पर नियति ने यहां पर खेल खेल दिया।

नंदराज पर्वत का क्षेत्र छोड़कर वो बोरनार की तरफ माड़ कें जंगलों में चली गई।

म़ाड़ के जंगलों में एक खुबसूरत जलप्रपात आज भी निर्झर झर रहा

है।

उस जल प्रपात का नाम है किंदावाड़ा ।

इरुम और उसके साथियों ने पानी और खाने की व्यवस्था देख वहीं शरण ले ली।

इस घटना के बाद जिला पुलिस मुख्यालय मावलीगुड़ा में हड़कंप मच गया।

समाचारों पत्रों में इरुम का नाम प्रमुखता से छापते हुए घटना का विवरण दिया।

यह बात आग की तरह चारों ओर फैल गई। हिड़मा को भी इसकी जानकारी मिली।

वो समझ गया की अब इरुम का वापस आना नामुमकिन है।

अब वो जान गया कि चाह कर भी उसे वापस नही ला पाएगा।

नुआनार में भी यह बात आग की तरह फैल गई।

कामरेड गुरुदेव को यह बात बिल्कुल नहीं जमी।

उसकी बिना जानकारी और अनुमति के उसने ये सब कांड कर दिया।

अब भगवान ही मालिक है।

मामा चो गाँव

----

28 अप्रैल 2008 आज का दिन ,स्थान -मेलारास का बांध

समय – 5:50 संध्या

पेरमा - सरजू !

आमा पंडुम के बाद कहाँ चले गए थे। बहुत दिनो से दिखाई नही दे रहे थे ?

सरजू मांझी- दादा कुछ काम से बोरनार मेरे रिश्तेदार के गांव गया था।

दादा गरमी बढ़ गई है। शाम को बांध की तरफ रोज आएंगें, गीला मंजन रखे हो क्या ?

पेरमा- ले थोड़ा निकाल ले।

आते समय लेकर आ गया था, बांध के किनारे बैठ के थोड़ा टाइम पास हो जाएगा यही सोचकर ले आया।

लेकिन एक बात समझ नही आई तेरा कोइ सगा नदी उस पार रहता है ,कभी तूने बताया नही !

सरजू- दादा !

मुझे क्षमा करना, उस दिन पंडूम वाले दिन पुलिस जिस लड़की की तलाश में मेलारास आई थीए वो मेरी सौतेली बहन की बेटी थी।

बहन सौतेली थी सो बचपन से ही हमारे बाप के कारण घर में अक्सर झगड़ा होता था।

सौतेली माँ ने बहन के जन्म के बाद जहर खाकर प्राण दे दिए।

पिता को उसकी बहुत चिंता थी।

इस वजह से उसे बोरनार में बहुत पहले ब्याह दिया था।

मैं भी कई सालों से उसके गाँव नहीं गया था।

कुछ दिन पहले भीमा बैल जोड़ी खरीदने बोरनार गया था ,आने वाली बरसात में खेत जुताई के लिए।

वहां पर जाने के बाद भीमा को गाँव वालों और हिड़मा ने बताया सरजू की बहन का पूरा परिवार तबाह हो गया ।

हिड़मा ने अपने और इरुम के प्रेम-विरह को भी बताया ।

हिड़मा ने बहुत कोशिश की, उसके परिवार को बचाने में।

उसने बताया -

पहले उसका दामाद क्षय रोग से मर गया, फिर उसकी बेटी इरूम अंदर वालों के संगठन में चली गई।

अंत में उसकी बहन बची जो दूर कही कोंडनार जिला है वहां किसी आदमी के साथ शादी करके चली गई।

पेरमा ने विस्मय भरी नजरों से सरजू की ओर देखते हुए कहा-

सरजू तुमने मुझे इन सब के बारे में पहले क्यों नहीं बताया।

सरजू- मैं आपको बताने ही वाला था, फिर पंडूम वाले दिन जो हुआ आपको मालूम है।

पुलिस वालो को लगा की इरूम मेरे पास यानी मामा के पास आई होगी। उस दिन मुझे कुछ समझ नही आ रहा था।

इस लिए बातों का घुमा दिया मैंने।

दादा मुझे बाद में पता चला, जब मैं मावली गुड़ा गया। पेपर में इरूम का नाम छपा था।

हमारे गाँव में के बाहर जंगल में जो पुल बन रहा था याद है !

उस पुल के ठेकेदार की गोली मारकर हत्या कर दी गई थी ?

उसी कांड में इरुम का हाथ है, ऐसा पुलिस का कहना है।

दादा मैं मानता हूँ कि मेरी बहन से मेरी नही बनती थी पर उसकी बेटी को मैंने अपने गोद में खिलाया था।

उसका छट्ठी भात खाया था।

आखिरी बार उसे 10 साल की उमर में देखा था ,फिर मेरा जाना भी कम हो गया।

बहुत तेज और फुर्तीली थी । कहती थी ,मामा आपके गांव मेलारास मे सुना है बड़ा सा आम का बगीचा है। और वो बगीचा आपका है।

माँ अक्सर कहा करती थी कि वो बचपन में वहां जाकर पेड़ो पर खूब चढ़ा करती थी।

सुन लो मामा !

मेरे लिए अगली बार आम जरूर लाना।

नहीं तो माँ इंद्रावती तुम्हें इस पार आने नहीं देगी।

हर बार नदी पार कर आ जाते हो इस बार नही आ पाओगे,

ह हहा हा हाह ाहा हा हा हा

ही हीहीही...

सरजू की आँखें सजल हो चली थी।

बांध की मेंढ़ पर बैठे पेरमा ,उसकी बातों को सुन कर ठिठक से जाते हैं।

घुटने पर सर रखकर सरजू सिसकने लगा, शाम ढल रही थी।

डुबता सूरज लाल हो गया था। मानो एसा लग रहा था जैसे अपनी तेज ऑच को बांध के पानी से ठंडा कर रहा हो।

पेरमा ने सरजू के कंधे पर हाथ रखा और उसे ढांढस बंधाया ,

और समझाया ।

चिंता मत कर सरजू इरूम ठीक ही होगी, सब ठीक होगा ।

उसकी तलाश करते हैं।

अभी रात हो चली है फिलहाल घर चलो।

चलो उठो

अब चलो भी.......................

सुबह बात करते है जिले के एस.पी. साहब से।

इरूम की सुरक्षा की गुहार लगाते है।

देखते है क्या होता है!

शायद उनको हम समझा सके !

या उनका दिल पसीज जाए!

प्रयास कर सकते है। बाकी उपर वाले की मर्जी!

अंतिम सवाल - कौन किसका और किस लिए

जून अंतिम 2008 , स्थान- किंदावाड़ा जलप्रपात के घने जंगल

जून की चिलचिलाती गर्मी में किंदावाड़ा जलप्रपात की उड़ती हुई पानी की बूँदें वातावरण में शीतलता घोल रही थी। मई की गर्मी पूरी तरह विदा नही हुई थी। बहुत उमस भरा मौसम था।

झर-झर करती तेज आवाज जंगल में दूर-दूर तक गूँज रही थी।

02 कि.मी. दूर से ही इसकी आवाज सुनी जा सकती थी।

झरने के करीब तलहटी में एक बड़ा पत्थर था। उससे लगे साल के पेड़ थे।

उसकी ओट में इरुम ने◌े अपने दल के साथ शरण ले रखी थी।

अपने बचपन को याद करते हुए गुनगुनाने लगती है।

साय रेला रे रेला

साय रे ला रे रेला ....

उधर कुछ दूर पर माधव भी अपने मोर्चे पर रायफल लेकर खड़ा था।

तभी उसके मोबाइल फोन की घंटी बजती है।

तेरे मेरे होटों पे ,

मीठे-मीठे गीत मितवा,

आगे-आगे चले हम ,

पीछे-पीछे गीत मितवा ....

मधू -हेलो माधव

2 साल हाने को आए ,हर बार छुट्टी लेकर आते हो

इस बार कोई बहाना नही चलेगा।

अब और नही रहा जाता ,

तुम बस आ जाओ माधव,

घर आंगन बहुत सूना-सूना लगने लगा है।

ना खाने का मन करता है ना सजीले कपड़ो का शौक लगता है।

घर में माँ-बाबा भी बूढ़े हो चले हैं।

हर महीने पैसे भेज देते हो ठीक है,

पर अब और नहीं ।

मै तुम्हारे हाथ जोड़ रही हूँ ,

तुम नौकरी छोड़ दो घर आ जाओ !

मेरे और तुम्हारे घरवालों को देखने वाला कोई नहीं है।

हम चाय के बागान लगा लेंगे या ज्यादा मेहनत कर लेंगे

खेती कर लेंगे।

इतना कहते हुए मधु सिसकने लगती है।

माधव—बस, बस मधु !

एक सांस में तूने सारी रामकथा बता दी।

शांत हो जाओ ।

तुम्हारे लिए खुशखबरी है।

मेरी छुट्टियां पास हो गई 60 दिनो की।

और मजे की बात, मैने ट्रांसफर के लिए देहरादून बात की है हेड क्वार्टर में।

लगभग अगले साल तक घर से 100 कि.मी. की दूरी पर रहूँगा।

अब तुम हमेशा के लिए चिंता से मुक्त हो जाओगी।

और फिर इस बार शादी कर ही लेंगे।

सारी खुशियाँ तुम्हारे दामन चूमेंगी, देखना !

मधु-- क्या तुम सच कह रहे हो माधव !

अगर ये सच हुआ तो वैष्णोदेवी प्रसाद चढ़ाने चलेगें।

ठीक है मै रखती हूँ ,

माँ बाबा को दोपहर का खाना देना है।

तभी वायरलेस पर सुचना मिलती है।

आलफा कमिंग

आलफा कमिग

सूचना मिली है कि जिले से सुरक्षा बलों की टीम

किंदावाड़ा जंगल में किसी संगठन से जुडे लोगो की तलाश में निकली है।

हमारे सुरक्षा कैंप से 50 जवानो को उनके साथ जाना है।

वायरलेस पर सुचना मिलते ही सभी जवानो को एकत्रित

होने का आदेश मिला।

सुरक्षा बल के कंपनी कमांडर ने 50 जवानों को हथियार ,असलाह बारूद लेकर तैयार होने को कहा।

कुछ देर में सारे जवान कैंप में दो की कतार में सामान के साथ खड़े हो गए।

माधव भी उस टुकड़ी का हिस्सा था।

तत्काल दो मिलिट्री ट्रक भरकर वो सब लोग जंगल की ओर निकल गए।

किंदावाड़ा के पहाड़ो में उस दिन अजीब सा सन्नाटा था।

चिलचिलाती धूप थी ।

सुखे पत्तो पर जवानो के कदम चरचराहट की आवाज के साथ जंगल का सन्नाटा चीर रहे थे।

दूर से किंदावाड़ा जलप्रपात की आवाज आ रही थी।

सिर्र सिर्र ....साय साय

चिड़ियों की चहचहाट भी बड़ी बेचैन करने वाली थी।

मानो कुछ कहना चाहती हो।

इधर इरूम अपने बचपन में हिड़मा के साथ बिताए की दिनों की याद मे खोई हुई थी ।

अचानक पहाड़ के किसी से गोली चलने की आवाज आती है।

धांऐ.......

धांऐ..........

इरुम को समझते देर न लगी,

दल का एक सदस्य चिल्लाते हुएए इरुम के पास आया

हमला हो गया भागो इस जगह से

किसी सुरक्षित स्थान पर चलो।

मौके की नजाकत को देखते हुए इरुम ने पहाड़ के उपर भागना शुरु किया।

अपने रायफल लेकर और कुछ और समान लिए वो उपर भागने लगी।

पीछे बाकी लोग पहाड़ पर चढने लगे।

रुक-रुक कर उन पर फायरिंग हो रही थी।

इस बार इरुम ने मोर्चा संभाला और दन-दन लगातार चार फायर किया।

दूसरी तरफ माधव सुरक्षा बलों के साथ मोर्चा संभाले हुए थे।

लड़ाई जारी थी! पर

दो मार्चे पर लड़ते हुए,

दो लोग ,

दो अलग-अलग परिवेश से आए हुए इरुम और माधव

बंदुक के दोनो तरफ ,

दो अंजान लोग ,

दोनो के हाथ में बंदुक थी।

जो एक-दूसरे को जानते तक नही ।

वो आज अपने अपने कर्म और कर्तव्य में बंधे अपनी नियति का पालन कर रहे थे।

अपना धर्म निभा रहे थे ।

एक दूसरे पर प्रहार कर रहे थे ।

सवाल ये था कि कौन किसके लिए लड़ रहा था।

जब जंग होती है तो हिंसा होती है, द्वंद भारी होता है।

रक्तपात होता है।

विजय हाशिए पर होते है।

मात्र विजय ही उद्देश्य होता है युद्वधों का ।

पर यह विजय ढेर सारे रक्तपात करवाता है ,

लाशों के ढेर लगते है।

नरमुंड की माला पहने काल , मोर्चे के दोनो तरफ तांडव करता है।

और उतनी ही तबाही मचाता जितनी नदी का सैलाब किनारो को रगड़ते हुए उसे काटते काटते आगे बड़ जाता है।

पर इस तबाही को देखने के लिए नदी कभी पीछे मुड़कर नही देखती।

वो अपने गहरे निशान छोड़कर चली जाती है।

जो लम्बे समय तक किनारो को टीस देती है।

नदी के दो किनारे आपस में कभी मिल ही नही पाते।

बस यही दर्द ,प्रेम मे आगाध होता है।

सांझ हो रही थी ।

रुक-रुक कर दोनो तरफ से फायरिंग हो रही थी।

माधव ने इरुम और उसके साथियों को देख लिया।

माधव बहुत करीब आ गए थे अपने टुकड़ी के साथ ।

और उनकी टुकड़ी बहुत करीब थी ।

बड़े से पत्थर के पीछे से एक फायर हुआ

धाएं..................................

माधव टुकड़ी में सबसे आगे की ओर चल रहे थे।

गोली उनके कंधे को छू कर निकल गई।

कंधे से खून बहना शुरू हो गया।

बाकी साथियों ने उसे कपड़े से बांधा और उनको पीछे हटने का आग्रह किया पर माधव नही माना ,वो डटे रहा।

उपर की ओर इरूम ने अकेले मोर्चा संभालते हुए अपने बाकी साथियों को सुरक्षित स्थान पर जाने का आदेश दे दिया ।

रात हो चली थी।

इरूम की गोलियां भी खत्म हो चली थी।

अब दो ही रास्ते थे, मारो या मरो !

चट्टान की ओट में वो अपने आप को बचा रही थी

उसकी सांसे बहुत तेज चल रही थी।

कमर पर बंधे पट्टे पर बस एक ही मैग्जीन उसमें भी एक ही गोली बची थी।

उसने एक गोली लोड की और अपने खोपड़ी पर लगा ली ,

उसकी उंगली ट्रीगर पर थे,

अचानक उसे महसूस हुआ दूर कोई उस चट्टान के पीछे कोई खड़ा है,

ये माधव ही था।

इरुम को अंधेरे मे कुछ समझ नही आ रहा था,

इरुम ने चुपके से अपना स्थान बदला और वहां से फायर कर दिया।

एक गोली रायफल से निकली

धाएंएएएएएएएएएएएएएएएएएएएएएएएएएएएए.......

और सीधे माधव के सीने मे जा लगी, माधव वही गिर पड़ा।

उसकी आँखों के सामने अंधेरा छा गया।

मधु, मधु, मधु ....मै घर आ रहा हूँ, जवानों ने उसे फर्स्ट एड बाक्स से दवा निकालकर उसे लगाया और दो जवानो ने उसे नीचे बेस तक पहुँचाया।

फायर के बाद इरुम वहां से भाग निकली।

सुरक्षा बलो ने उसका पीछा किया और

अंधेरे में अंधाधुंध फायर किया, पर कुछ सफलता नही मिली।

सभी जवान धीरे-धीरे किंदावाड़ा पहाड़ से नीचे उतरने लगे।

रात का सन्नाटा गहरा हो चला था।

दर्द से माधव कराहता रहा। और बेहोशी की हालत में चला गया।

किंदावाड़ा बेस से कैंप लगभग 40 कि.मी. दूर था।

सुचना भेजने के लिए वायरलेस ही सहारा था ।

किसी भी जवान के पास मोबाइल नही था। एक माधव के पास ही था।

उसमें भी नेटवर्क नहीं था।

जब तक एम्बुलेंस पहुंची माधव चिर अनंत परलोक य़ात्रा के लिए जा चुका था। उसका जीव माड़ के जंगलो से मुक्ति पा चुका था।

वो यहां से जाना चाहता था पर देह ,

आत्मा और मधु के प्रेम लिपटकर! लेकिन आत्मा माड़ की आबो हवा, नंदराज पर्वत की उंचाइयों में और किंदावाड़ा जलप्रपात के कण-कण में समा चुका था।

उसका नाम रह गया बस और कुछ नहीं।

उसका देह ठंडा पड़ गया था। उसके साथ उसकी जीवन यात्रा माड़ में किंदावाड़ा की पहाड़ियों में थम सी गई।

उसकी रुह मानो उस पहाड़ पर कैद हो गई थी जो आज मुक्त हो गई थी।

अब बस रह गयी थी उसकी देह ,

जैसा वादा किया था मधु को ,

कि वो जल्द ही आएगा।

और वो जा भी रहा था , लेकिन बिना रुह के..............

वाहन से माधव की मृत देह को मावलीगुड़ा जिला अस्पताल के मरचुरी पहुँचाया गया। जहाँ उसका दूसरी सुबह उसकी देह का पंचनामा किया जाना था।

इधर सुबह सुरक्षा बलों की टीम सर्चिंग पर निकली

और पहाड़ पर जहाँ माधव को गोली लगी थी ठीक उसी जगह से

200 मीटर दूर इरुम औंधे मुंह गिरी हुई थी।

जवानों ने उसकी नब्ज टटोली पर कोई हरकत न थी।

जवानो को लगा, गई रात जो अंधाधुंध फायरिंग हुई उसकी जद में ये शायद आ गई थी।

अपने आप को शायद उसने बचाने का प्रयास भी किया हो ,

उसे दो गोलियां लगी थी।

दूर तक खून के छींटे दिखाई दे रहे थे।

मासूम सी 20-21 साल की लड़की

जिसने अभी ठीक से श्रृंगार तक नहीं देखा था।

स्त्रित्व की परिभाषा और जीवन आनंद उसके भाग्य में न थे।

हिड़मा का प्रेम इरुम को पुर्ण समर्पित था।

इरुम ने अपने हिस्से का प्रेम, मन मे दबा कर रख लिया।

वो हिड़मा के निश्छल प्रेम को जानती थी।

इसलिए उसे चाह कर भी उसके करीब न जा सकी।

अपनी राह उसने खुद चुनी थी।

बेजान पड़ चुकी इरुम की मृत देह को और उसकी बंदूक को कैंप तक लाया गया।

जहाँ से उसे भी मावलीगुड़ा के जिला अस्पताल मरचुरी में रखा गया।

12 घंटे पहले रात 08 बजे माधव की देह को मरचुरी लाया जाता है।

मरचुरी के बाहर एक स्ट्रेचर रखा होता हैं।

जवान जब माधव के देह को वाहन से उतारते हुए स्ट्रेचर पर रखते है, तो माधव का रक्त स्ट्रेचर पर फैल जाता है।

मरचुरी के अंदर पोस्टमार्टम फ्रिजर पर माधव की देह को रख दिया जाता है।

सुबह डाक्टर के आने के बाद आगे की क्रिया की जानी थी।

उसी दिन - रात 09 बजे डाक्टर संजय का फोन जाता है बोरनार मे प्राथमिक स्वास्थ्य केंद्र में।

टर्र टर्र..

टर्र टर्र ....

हेलो जी ! कौन बोल रहे है,

डॉ. साब ! मैं बोल रहा हूॅ डॉ.संजय,

जी सर ! बताइए

डॉ. प्रदीप कल किंदावाड़ा में हुई घटना के बारे में आपको तो मालूम ही होगा।

हमारे यहाँ अधिकतर डॉक्टर छुट्टी पर है । आप के नाम पर सिविल सर्जन साब ने फिर एक बार फिर आपके नाम पर आदेश बनाया है, ,शवों का पंचनामा करने के लिए।

कल समय की नजाकज देखते हुए आपको फोन के माध्यम से सूचना देना मैंने उचित समझा।

कल मीडिया, पुलिस के अधिकारी और न्यायिक मजिस्ट्रेट की उपस्थिति हो सकते है।

इसलिए कल आप सुबह 08 बजे आ जाइए।

डॉ. प्रदीप - ठीक है डा. साब मैं कल समय पर उपस्थित हो जाऊँगा।

और हाँ डॉ.प्रदीप ! एक बहुत जरूरी बात मैं भूल रहा था, पुलिस वालो ने शायद घटना में मृत पायी गई युवती की शिनाख्त, नाम-इरुम गांव नुआनार पो.बोरनार के रूप में की गई।

शायद पुलिस ने उसके गांव में सूचना दे दी होगी।

फिर भी आप बोरनार स्वास्थ्य केंद्र के एम्बुलेंस ड्राइवर हिड़मा के साथ बुलवा लेना।

प्रदीप- ठीक डा.साब ओके।

ठीक 12 घण्टे बाद सुबह 08 बजे इरुम की मृत देह को भी सुरक्षा बलों के वाहन में मरचुरी लाया जाता है।

उसी स्ट्रेचर पर इरुम के देह को भी वाहन से उतारा जाता है।

अभी भी माधव के रक्त से रंजित वो स्ट्रेचर पूर्णतया साफ नहीं था।

उस पर उसकी देह को लेकर फ्रिजर में डाल दिया जाता है।

दो अंजान लोग,

एक ही स्थान से,

एक साथ अपने अनंत यात्रा की ओर चले गए।

मृत देह एक साथ निर्जीव पड़े हुए थे।

स्ट्रेचर पर पड़े रक्त के निशां चीख-चीख कर अपनी कहानी बयां कर रहे थे।

मुर्दा घर का वो रक्त से सना स्ट्रेचर बहुत कुछ अपनी कहानी बयां कर रहा था।

न जाने कितने लोगों को उसमें उठाया गया हो, पर इस बार हालात दूसरे थे।

दुसरे दिन सुबह 08 बजे

पोस्टमार्टम रूम के बाहर पहले से डॉ.संजय उपस्थित थे, थोड़ी देर में डॉ. प्रदीप आ जाते है।

सभी अधिकारियों की उपस्थिति में डाक्टार्स ने पंचनामा कर कार्य पूरा कर बाहर आए।

मजिस्ट्रेट साहब को जब रिपोर्ट सौंपी गई ,उसमें यह पता चला कि इरूम के शरीर से निकली गोली ,माधव के रायफल की थी।

टुकड़ी के जवानों को, जब यह बात पता चली वह सब सन्न रह गए।

आखिरी समय में जब इरूम ने फायर किया ,ठीक उसी समय माधव ने भी अपनी रायफल इरूम पर एक गोली चला दी थी।

अंत जब हुआ तो भी तो कैसा, दोनो एक दूसरे की गोली से मारे गए।

यह बहुत स्तब्ध करने वाली घटना रही।

दोपहर 02 बजे के बाद डॉ. संजय और प्रदीप एक साथ संजय के घर जाने लगे।

उसी समय बोरनार स्वास्थ्य केंद्र से हिड़मा एमबुलेंस लेकर मरचुरी पहुचता है।

उसने डॉ. प्रदीप को आवाज दी............

साब .... साब.............साब...................

साब , आप बुलाए थे !

हाँ ,तुम्हारे गांव की कोई लड़की है जो संगठन से जुड़ी थी, कल रात सुरक्षा बलो के साथ मुठभेड़ में वो मृत पायी गई। उसका पी.एम. हो चुका उसके शव को नुआनार उसके परिजनो को सौपना है । उसके परिवार से कोई नही आया है लेने के लिए।

इसलिए कुछ पुलिस वालों के साथ तुम जाओगे ।

हिड़मा कुछ देर के लिए घबरा जाता है।

उसका दिल एक दम से बैठ गया।

उसने थरथराती आवज में प्रदीप से पूछा –

साब य.. य.. ये कौन है.. आप जानते हैं क्या.. ?

प्रदीप ने कहा- ठीक ठीक तो याद नहीं पर साल भर पहले अस्पताल में इलाज के लिए आई थी ऐसा लगता है।

हिड़मा समझ गया ये इरुम ही है।

इरुम की देह को कुछ लोगो के साथ वाहन में रखते समय अचानक से उसका हाथ स्ट्रेचर से बाहर आ जाता है ,उसके हाथ में वही आदिम शैली का गोदना गुदा होता है जो दोनो ने मिलेपाल के करसाड़ में बनवाया था।

बस अब हिड़मा और कुछ जानने के लायक नहीं बचा था !

वो एंबुलेंस का पीछे से दरवाजा बंद कर बाकी लोगों के साथ

नुआनार गांव की ओर निकल जाता है।

इरुम के चले जाने की खबर पुलिस उसके सौतेले मामा के गांव मेलारास भेज देती है। ताकि उसके कफन दफन में आ सके।

उसके परिवार में मामा के सिवाय कोई बचा नही था।

इधर माधव की देह को पुलिस गा्रउंड में सलामी देने के बाद उसके राज्य के गृह ग्राम को भेज दिया जाता है।

मधु को जब यह खबर मिलती है।

वो पत्थर की तरह बुत बन जाती है।

उसके आंखो के सामने माधव का चेहरा बार-बार आने लगता है।

माधव का देह और उसके सामान को जब मधु को सौंपा जाता है तो उसके समान में मोबाइल हैंडसेट मिलता है जिसमे अक्सर दोनो की बात होती थी।

उसका रींगटोन हमेशा के लिए खामोश हो था।

जिसमे कभी वो गीत बजा करता था।

"तेरे मेरे होटो पे ,

मीठे मीठे गीत मीतवा,

आगे आगे चले हम

पीछे-पीछे.. गीत मितवा ।...

द्वंद और प्रेम

---

01 जुलाई 2008

पंचानामें के बाद दूसरे दिन की सुबह

बरसात का मौसम लगने वाला था। जून का महिना आखिर हो चला था। विशाल नंदराज पर्वत की श्रेणियों से काले-काले बादल टकरा रहे थे।

मानो ऐसा लग रहा था वो गरजने और बरसने के लिए व्याकुल हो उठे है। सुरज कही बादलों की ओट में छुप गया था।

नुआनार के आबो हवा में अजीब सी बेचैनी और छटपटाहट महसूस हो रही थी।

हवाएं तेज चल रही थी।

गांव में इरुम के मरने की खबर तो पहले ही लग चुकी थी।

नंदराज पर्वतों से आ रही हवाए 40 कि. मी दूर तक अपनी मौजुदगी का एहसास दिला रही थी।

गाड़ी चलाते समय इरुम के साथ बिताए हुए उन दिनों को याद कर हिड़मा पल-पल भावूक हो रहा था।

कभी अचानक सिसकियां लेता कभी अपने आंसु पोछता ।

सामने रास्ता साफ दिखाइ दे रहा था पर, उसके बिना मंजिल तक जाने की उसकी हसरत खत्म हो रही थी।

प्रेमी सपनो को संजोए जो आशियाना उसने बनाया था ,

उसे विचारों के द्वंद और हीनता की आंधी ने एक झटके मे तबाह कर दिया था।

हिड़मा जब गाड़ी लेकर नुआनार पहुचा तो देखा, गाँव वाले पहले ही इंतजार में बैठे थे ।

गांव के मुखिया ने पुलिस को बताया कि इरूम का इस दुनिया में अब कोई नही रहा, सिवाय सौतेले मामा के जो मेलारास से आ रहा है ।

मुखिया ने हिड़मा से कहा – " तुम इरूम के साथ अक्सर रहा करते थे और अच्छे दोस्त भी थे। वो तुम्हारे बहुत करीब थी ।

और उसी समाज से आते हो हिड़मा।

इस लिए इरूम के अंतिम संस्कार के असली हकदार तुम ही हो । तुम्हारे हाथो उसकी आत्मा को शांती मिल जाए "

हमने सारी तैयारियां कर दी है, अब जल्दी करो मौसम बदल रहा है। लगता है तेज बारिश होगी।

हिड़मा ने रुंधे गले से मुखिया से हाथ जोड़कर कहा - दादा मेरी एक इच्छा है गांव के बाहर सड़क के जोड़ान में एक आम का पेड़ है उसके नीचे ही इरुम को माटी दे तो अच्छा होता।

मुखिया ने तुरंत हाँ कर दी और कहा जों भी करना है जल्दी कर लो।

थोड़ी देर में इरुम के मामा भी आ गए। वो बिल्कुल शांत थे पर दुख को व्यक्त न कर पा रहे थे।

देह को इरुम के खंडहर मे तब्दील हो रहे घर में रखा जाता हैं। जंहा से उसकी अंतिम यात्रा के तैयारी की जाती है।

घर की दहलीज पर इरुम की देह, खाट पर विश्राम कर रही थी। गांव की महिलाए विलाप में विरह गीत गा रही थी।

नेंग-रस्म करके हिड़मा,मुखिया, मामा और एक गांव वाले उसकी अर्थी उठाकर चल पड़े। जिस जगह पर हिड़मा ने इच्छा जताई थी

उसी स्थान पर इरुम को माटी दे दिया जाता है।

मुखिया ने हिड़मा से कहा - "तू कल मावली गुड़ा जाकर एक बड़ा फर्सी पत्थर ले आना उसके गुड़ी में मृतक स्मारक लगाना है।"

गांव की एक लड़की है दीपा वो इरुम को जानती थी, उसके जीवन से जुड़े पहलुओं को कलाकृति और आकृतियों के माध्यम से वो पत्थर में बना देगी।

मैं बढ़ई को बोलकर पत्थर के उपर का मुकुट हिस्सा बनवा देता हूँ।

आज से 10 -12 दिन बाद जो भी उचित समय सियान लोग बैठ के निर्णय करें, उस दिन इसकी गड़ाने का नेंग कर देंगे।

चार दिन बाद पत्थर पर दीपा ने ऐसे संकेत चित्रण किए जिसे देख कर हिड़मा स्तब्ध हो जाता है।

और वही बैठ कर माड़ के इस द्वंद को कोसने लगता है।

" इरुम तुम क्यों चली गई मुझे छोड़कर

हाााााााााााााााााााााााााा

हााााााााााााााााााााााााााा......... हिड़मा गला फाड़कर रोने लगा"

उधर माधव के देह को स्थानीय प्रशासन द्वारा सलामी दी जाती है और उनके बूढ़े पिता के द्वारा चिता को मुखाग्नि दे कर उन्हे पंचतत्व में विलिन कर दिया जाता है।

कुछ दिन बाद गांव वालो और प्रशासन के द्वारा घर के सामने चौक में माधव की आदम कद मुर्ति लगा दी जाती है।

मधु अक्सर अपने प्रेम को याद कर बेसुध हो जाती ।

माधव की मुर्ति से घण्टो बात किया करती और उससे यही पूछती की इन सब में मेरा क्या दोष था ??????????????????????????

कुछ दिन बाद समाचार पत्र में एक हेड लाइन थी !

" माड़ के द्वंद की अंतहीन यात्रा खत्म कब होगी ?"